KB158491

오라,
달콤한
장르소설이여

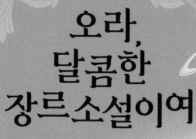

오라,
달콤한
장르소설이여

미스터리·SF·판타지·호러 독서록

강상준 지음

에이플랫

차례

장르소설에 대해 함께 이야기할 친구를 위해   10

01
미스터리의
핵심부터
변주까지

온갖 진실과 하나의 사실 ———— 17
「백광」 | 렌조 미키히코

새로운 '본격'의 시대를 알리다 ———— 21
「외딴섬 퍼즐」 | 아리스가와 아리스

본격 미스터리, 하드보일드와 크로스 ———— 25
「요리코를 위해」 | 노리즈키 린타로

음악의 마력을 미스터리로 치환하다 ———— 29
「안녕, 드뷔시」 | 나카야마 시치리

콤플렉스로 빚어낸 혐오의 미스터리 ———— 33
「조각들」 | 미나토 가나에

네 개의 미스터리, 네 명의 탐정 ———— 37
「그랜드 캉티뉴쓰 호텔」 | 리보칭

창조자와 현실에 도전하는 미스터리 ———— 41
「픽스」 | 워푸

연애, 그 참을 수 없는 무거움 ———— 45
「만나지 않았더라면 좋았을 거짓말쟁이 너에게」 | 사토 세이난

독자를 기만하는 서술 트릭의 모든 것 ———— 49
「미스터리 아레나」 | 후카미 레이이치로

기억나지 않음, 추리 ———— 53
「오키테가미 쿄코의 비망록」 | 니시오 이신

논픽션을 가장한 교묘한 픽션의 맛 ———— 57
「소녀불충분」 | 니시오 이신

초능력과 미스터리의 뜻밖의 공조 ———— 61
「영매탐정 조즈카」 | 아이자와 사코

고전을 재해석한들 결국엔 살의 ——————— 65
「옛날 옛적 어느 마을에 시체가 있었습니다」 | 아오야기 아이토

두 번째 살인만 심판한다 ——————— 69
「낙원은 탐정의 부재」 | 샤센도 유키

02
과학과
환상으로
피워낸

기계처럼 생각하고, 인간처럼 행동하다 ——————— 75
「머더봇 다이어리: 인공 상태」 | 마샤 웰스

인류의 마지막 희망은 '이야기' ——————— 79
「시하와 칸타의 장」 | 이영도

너는 이미 죽어 있다? ——————— 83
「레드셔츠」 | 존 스칼지

시간을 달리는 초인 그리고 연인 ——————— 87
「당신들은 이렇게 시간 전쟁에서 패배한다」
| 아말 엘모흐타르, 맥스 글래드스턴

욕망을 거세한 디스토피아 ——————— 91
「소멸세계」 | 무라타 사야카

시대를 넘어선 퀴어SF의 새 모습 ——————— 95
「막」 | 지다웨이

소수자의 편에 선 휴먼SF ——————— 99
「어둠의 속도」 | 엘리자베스 문

자본주의라는 디스토피아 ——————— 103
「웨어하우스」 | 롭 하트

조그만 가시 같은 판타지 ——————— 107
「땡스 갓, 잇츠 프라이데이」 | 심너울

개와 고양이가 무림에 입성한다면 ——————— 111
「애견무사와 고양이 눈」 | 좌백, 진산

03
범죄
엔터테인먼트
삼라만상

3단 교차, 하드보일드 스트리트 ——— 117
「지푸라기라도 잡고 싶은 짐승들」 | 소네 케이스케

어둠 속으로 걸어 들어가다 ——— 121
「다크 플레이스」 | 길리언 플린

거장, 성장에 범죄를 엮다 ——— 125
「우리가 추락한 이유」 | 데니스 루헤인

'이야미스'를 아시나요? ——— 129
「갱년기 소녀」 | 마리 유키코

명작 미스터리대로 죽인다면 ——— 133
「여덟 건의 완벽한 살인」 | 피터 스완슨

악마를 둘러싼 악한들의 군상극 ——— 137
「소문의 여자」 | 오쿠다 히데오

제로부터 시작하는 자아 탐구 생활 ——— 141
「6월 19일의 신부」 | 노나미 아사

단기 기억상실의 늪 ——— 145
「유리의 살의」 | 아키요시 리카코

아무도 믿지 마라 ——— 149
「더 걸 비포」 | JP 덜레이니

그림자 속을 파고들 때 ——— 153
「모든 비밀에는 이름이 있다」 | 서미애

도쿄 청춘들의 고독과 어둠 ——— 157
「퍼레이드」 | 요시다 슈이치

드라마로 일어서서 스릴러로 내달리기 ——— 161
「아홉 명의 완벽한 타인들」 | 리안 모리아티

복수라는 엔터테인먼트 ——— 165
「그레이맨」 | 이시카와 도모다케

누구도 알 수 없는 부부의 세계 ——— 169
「비하인드 도어」 | B. A. 패리스

사이코패스의 마음속으로 ——— 173
「스켈리튼 키」 | 미치오 슈스케

04
공포와
초현실의
심연 속으로

너무나 부조리하고 너무나도 합리적인 ——— 179
「일곱 명의 술래잡기」 | 미쓰다 신조

릴레이로 빚어낸 괴담 미스터리의 정수 ——— 183
「쾌: 젓가락 괴담 경연」
| 미쓰다 신조, 쉐시쓰, 예터우쯔, 샤오샹선, 찬호께이

한반도 식인 아포칼립스 ——— 187
「인 더 백」 | 차무진

한국 고전문학, 좀비로 새로 읽기 ——— 191
「좀비 썰록」 | 김성희, 전건우, 정명섭, 조영주, 차무진

대탈주 초능력 소년 ——— 195
「인스티튜트」 | 스티븐 킹

인간성을 저울질하는 서바이벌 ——— 199
「크림슨의 미궁」 | 기시 유스케

사탄의 아이와 공생하는 법 ——— 203
「나의 아가, 나의 악마」 | 조예 스테이지

시작과 원천은 호러였나니 ——— 207
「장난감 수리공」 | 고바야시 야스미

화해하는 괴담, 치유하는 기담 ——— 211
「내 머리가 정상이라면」 | 야마시로 아사코

05
우리 안의
악의,
진짜 세계와
만나다

일상과 일탈을 가르는 치졸한 욕망 ——— 217
「열쇠 없는 꿈을 꾸다」 | 츠지무라 미즈키

낙인찍는 범죄, 그 이면의 진실 ——— 221
「무죄의 죄」 | 하야미 가즈마사

신인의 야심을 집대성하면 ——— 225
「연쇄 살인마 개구리 남자」 | 나카야마 시치리

연쇄살인범에게 흔들리는 나약한 인간 ——— 229
「사형에 이르는 병」 | 구시키 리우

선악은 늘 회색을 띤다 ——— 233
「스완」 | 오승호

절대 악은 제거해야만 하는가 —————— 237
「하얀 충동」| 오승호

농인을 향한 청인들의 폭력 —————— 241
「데프 보이스」| 마루야마 마사키

여성에 의한, 여성을 향한, 여성을 위한 —————— 245
「단 하나의 이름도 잊히지 않게」| 서미애, 송시우, 정해연

선한 가면 뒤에 숨긴 잔혹한 얼굴 —————— 249
「한낮의 방문객」| 마에카와 유타카

익명이라는 이름의 덫 —————— 253
「그녀는 돌아오지 않는다」| 후루타 덴

소년은 울지 않는다 —————— 257
「나쁜 아이들」| 쯔진천

학교 폭력에 스러진 소년들 —————— 261
「밀어줄까?」| 유키 슌

06
미래와
조우한
미스터리

그로테스크한 상상을 정교한 미스터리로 —————— 267
「인간의 얼굴은 먹기 힘들다」| 시라이 도모유키

나비의 꿈 아래 숨긴 현실감각 —————— 271
「완전한 수장룡의 날」| 이누이 로쿠로

그리고 가상공간에는 아무도 없었다 —————— 275
「버추얼 스트리트 표류기」| 미스터 펫

완벽한 연인을 찾아드립니다 —————— 279
「더 원」| 존 마스

모든 것은 인과율에 의해 —————— 283
「죽음을 보는 재능」| M. J. 알리지

희망, 통제사회에 균열을 내다 —————— 287
「화성에서 살 생각인가?」| 이사카 고타로

07
지금 우리는 범죄와의 전쟁 중

'기레기' 너머 진짜 기자 ——————— 293
「그래서 죽일 수 없었다」 | 잇폰기 도루

기자 윤리로 수렴하는 미스터리 ——————— 297
「왕과 서커스」 | 요네자와 호노부

경찰소설을 대표하기까지 ——————— 301
「마약 밀매인」 | 에드 맥베인

악의 마음을 읽는 자 ——————— 305
「인어의 노래」 | 발 맥더미드

기묘한 살인을 파헤치는 현실적인 경찰 ——————— 309
「소문」 | 오기와라 히로시

살인의 추억은 없다 ——————— 313
「진범인」 | 쇼다 간

걸작을 딛고 한 걸음 더 ——————— 317
「데드맨」 | 가와이 간지

제도권에 저항하는 제3의 추리법 ——————— 321
「드래곤플라이」 | 가와이 간지

보복 살인의 심연을 들여다보라 ——————— 325
「온」 | 나이토 료

악역이 견인하는 서스펜스 ——————— 329
「네 번째 원숭이」 | J. D. 바커

선악의 경계에 선 악덕 변호사 ——————— 333
「속죄의 소나타」 | 나카야마 시치리

속물 변호사의 유산 쟁탈전 ——————— 337
「전남친의 유언장」 | 신카와 호타테

우리 편에 선 난세의 간웅 ——————— 341
「한자와 나오키 1: 당한 만큼 갚아준다」 | 이케이도 준

장르소설에 대해
함께 이야기할 친구를 위해

작년부터 어머니께서 장르소설을 읽기 시작했다. 이제부터라도 꾸준히 책을 읽어야겠다는 마음으로 시작한 새 취미 생활의 일환으로 알고 있다. 어쨌든 대단한 책이 아니라 처음부터 그저 재미있는 소설을 원하시기도 했고, 불초가 가진 책의 8할은 장르소설이라 이 소설 저 소설 매번 한 움큼씩 빌려드렸다. 평소 SF나 판타지영화는 물론 그 흔한 히어로 무비에조차 도통 관심 없는 분이라 과연 장르소설의 재미를 느낄지, 아니 이해는 하실는지 반신반의하면서 우선 다양한 장르의 대표작 위주로 추천했다. 그러다 곧 범죄소설에 굉장한 매력을 느끼신 듯하다. SF나 판타지 장르는 공감(혹은 이해)하며 따라가는데 무리가 있는 반면, 크고 작은 범죄를 다룬 미스터리소설은 소재도 다양하거니와 무엇보다 장르의 특성상 예상치 못한 서사로 말미암아 새삼 '충격적인' 재미로 다가왔다고. 그 충격은 이 한마디로도 요약 가능할 듯하다. "세상에 이런 게 있는 줄 모르고 여태 살았다."

결과적으로 여러 장르소설을 맴돌다 최근엔 추리소설 쪽으로 한 발 정도는 완전히 들여놓으신 듯하다. 그럼에도 SF 요소를 적극 활용한 미스터리소설은 물론 소위 특수설정 미스터리까지 섭렵하시면서 계속해서 "이런 건 처음 봤다"며 감탄하시곤 한다. 짧은 기간 수백에 다다르는 장르소설을 접하면서(2021년에만 100권을 보셨다고) 느낀 재미란 문득 '처음 본 이런 것'이란 말에 그대로 담겨 있는 것은 아닐까 싶었다. 바로 장르소설의 생경한 재미를 그대로 압축함으로써 장르소설의 존재 의의까지도 대변하는 그런 말 말이다.

사실 그 전까지만 해도 어머니에게 있어 내 서재는 그냥 멋있는 인테리어였을지 모른다. 언젠가는 아직도 책이 더 필요하냐고 묻기도 하셨으니 뭐. 그러나 이제는 주기적으로 방문해 내 추천작만이 아니라 좋아하는 작가와 새로이 관심 가질 만한 특별한 책을 애써 찾곤 하신다. 한때 일본 추리소설을 좋아하는 이들 대부분이 관심 가졌을 히가시노 게이고의 책을 연속으로 수십 권 독파하신 걸 보면 차츰 취향을 잡아나가는 게 보이기도 했다. 물론 히가시노 게이고는 이미 졸업하셨고, 호러 미스터리에도 재미를 느끼신 듯 요즘엔 간간히 호러소설까지 탐독하신다. 그 덕분인지 최근엔 장르영화도 많이 보신다고 한다. 아마도 이제는 판타지, SF, 호러 등의 사변소설Speculative Fiction 요소가 더 이상 장해가 되지 않기 때문일 것이다. 흔히들 독서를 세상을 여는 창이라 말하면서도 유독 장르소설만큼은 여기서 은근히 제외하는 듯한 분위기를 떠올려볼 때, 이는 적어도 나에게만큼은 너무나도 이상적인 결론처럼 다가왔다.

2019년부터 한 주간지의 지면을 빌려 격주로 장르소설 리뷰를 연재했다. 처음 예상과는 달리 만 3년 넘게 쉬지 않고 게재하다 보니 생각보다 원고가 많이 쌓였다(물론 지금도 여전히 연재 중이다). 정해진 시간 안에 정해진 분량만큼만 써야 했기에 여러 한계나 고충이 있을 법하지만, 이쯤 되면 그런 모든 걸 차치하고 결국 가장 힘든 일이란 꾸준히 쉬지 않고 하는 것이었다 말해도 되지 않으려나 싶다. 실제로 원고를 쓰기 위해 2주 동안 최소 2권 이상 읽었고 많게는 7권을 읽은 다음 그중 가장 재미있게 읽은 작품을 선택했다. 한 주에 한 작품에 대해 이야기하는 만큼 아쉬운 작품이나 재미는 덜하지만 의미는 있는 작품을 소개하기보다는, 무엇보다 술술 읽히고 사람들과 이야기할 거리가 많은 작품을 추천하고 싶었기 때문이다. 그게 장르소설의 본질이기도 하고. 평소 책을 한 아름씩 산 다음 이것저것 읽다 절반 정도 보고 관심이 떠나 내버려두는 책이 상당히 많은 편인데, 덕분에 그런 작품들은 상당수 후순위로 밀리지 않았나 싶다. 절반 넘게 읽다 내버려둔 책들을 다시금 천천히 읽고 음미하면서 결국 어느 순간 꽤 여러 권을 완독한 주에는 그래서 더 고민이 많았다. 그럼에도 결국 주위 누군가에게 추천할 만한 작품을 정말로 공유하고픈 마음으로 기록했다. 그래서 더더욱 이 책의 의의는 꾸준히 읽고 쓰는 '장르소설 독후감'에서 찾아야 할는지도 모르겠다.

때때로 새로운 분야를 파고들 때 각 분야 명작부터 마치 공부하듯이 감상하는 사람들이 있는 걸 잘 안다. 하지만 록 문외한에게 너바나Nirvana의 〈NEVERMIND〉 앨범을 빌려줬던 사람이라면 잘 알 것이다. 아무리 얼터너티브 록의 전설이니 시초니 해도 관심을 끌긴 어려웠을 테니. 이 경우엔 차라리 그린데이Greenday가 몇 배 낫다. 그린데이 역시 지금은 이미 전설이기도 하고. 마찬가지로 각 장르소설의 대표작을 엄선하기보다는 막 출간된 책, 혹은 평소엔 큰 관심이 없다가 갑자기 집어 든 유명작 중 특별히 재미있는 책에 대해 쓰려 했다. 물론 늘 구미를 당기는 건 아는 작가, 좋아하는 작가의 책이었을 테니 누군가에게는 명작 모음처럼 비칠지도 모를 일이다. 아무튼 나로선 장르소설의 극진한 재미를 함께 나누기 위한 짧고 명쾌한 안내서가 되길 목표했다. 실제로 여기 수록한 작품 대부분은 어머니께 꼭 빌려드리는 책이 되기도 했다. 많이 보고 읽은 이들이 대개 그렇듯, 점점 더 그저 그런 소설이 늘어가는 가운데서도 나름 고속 성장한 독서 가게 인정받은 작품이 대다수다. 덕분에 책 이야기를 나누게 된 새 친구와 최근 읽은 작품에 대해 이야기할 기회도 늘었다. 이 책과 더불어 장르소설에 대해 이야기할 또 다른 친구가 생겼으면 하는 바람이다.

2022년 4월, 저자 강상준

01
미스터리의 핵심부터
변주까지

#본격_미스터리

#연애_미스터리

#특수설정_미스터리

온갖 진실과 하나의 사실

「백광」

렌조 미키히코

2022년 초 방영한 일본드라마 〈미스터리라 하지 말지어다〉에 꽤 인상적인 장면이 있다. 작중 형사가 반드시 범인을 체포하겠다며, 진실은 하나니 분명 도달할 수 있을 거라고 힘주어 말한다. 용의자로 몰린 주인공 토토노

는 상투적이기까지 한 그의 다짐이 의아하다는 듯 이내 반박한다. 어떻게 진실이 하나밖에 없느냐고 말이다. 가령 A와 B가 계단을 오르내리다 부딪혀 B가 추락했다고 치자. B는 평소 자신을 괴롭히던 A가 계단에서 밀쳤다고 주장하는 반면, A는 B를 친한 친구로 여기고 있으며 이는 엄연히 사고였다고 항변한다. 둘 다 거짓말은 하지 않았으니 여기엔 그저 각자의 진실이 있을 뿐이다. 토토노의 말마따나 "진실은 사람의 수만큼 있다." 그럼에도 '사실'은 하나다. 바로 B가 계단에서 떨어졌다는 사실. 그러니 "진실 같은 애매모호한 것에 잡혀 있으면 안 된다"는 그의 말은 어쩐지 진실을 추적하는 미스터리 장르의 핵심을 오조준함으로써 외려 정확히 관통하는 흥미로운 논박처럼 다가온다.

렌조 미키히코의 〈백광〉에는 온갖 진실들이 등장한다. 정말로 진실은 등장인물의 수만큼 존재한다. 물론 '사실'은 하나다. 뙤약볕이 내리쬐는 여름날, 가정집 마당 정원에서 네 살 여자아이의 시체가 발견된다. 가정주부 사토코는 딸아이의 치과 치료를 위해 동생 유리코가 맡아달라던 네 살배기 조카딸을 치매 증세를 앓는 시아버지에게 내맡긴 채 잠시 집을 비웠다. 그 짧은 공백 사이 참혹한 유아 살해 사건이 벌어졌다. 유일한 목격자일 시아버지의 기억은 혼탁할 뿐 아니라, 그사이 집에 들른 의문의 남자도 있다. '사실'은 무척 단순하지만 챕터가 바뀌면서 등장인물 각각의 은밀한 고백이 이어지는 사이 숨겨진 비밀과 함께 진실 또한 천변만화한다.

사실 작품의 핵심은 얼핏 평범해 보이는 일가족 내에 도사린 질투와 치정에 있다. 사토코와 유리코 자매는 겉으론 내색하진 않아도 어렸을 적부터 서로를 시기하고 때로는 혐오하는 사이다. 유리코가 딸을 언니에게 맡긴 건 남편 몰래 외도하기 위한 것이었으며, 이는 또 다른 복수의 불륜 상대를 통해 이윽고 새로운 진실로 도약한다. 특히 시아버지 게이조가 과거 태평양전쟁에 출정하면서 아내에게 딸아이가 그의 자식이 아니라는 고백을 건네들은 일화는 이 작품을 지배하는 정서이면서 자매 부부의 복수와 애증으로 계승되는 비극이기도 하다. 치정癡情, 즉 어리석은 감정인 줄 알면서 남편이나 아내가 아닌 동서 간에 교차하는 애정과 그 실상이 드러나는 순간, 확정적이었던 이전의 진실은 가볍게 뒤집힌다. 간단한 사실과 몇몇 인물만 두고도 여러 개의 진실이 결말까지 요동치면서 인물 간 내막은 물론 범인마저 뒤바뀌는 몇 번의 반전은 그래서 더 놀랍다.

제목인 〈백광白光〉은 하얗게 작열하는 태양 아래 게이조가 전쟁 당시 남태평양의 한 섬에서 맞닥뜨린 살인 장면으로, 여러 차례 묘사되며 작품 고유의 서정적인 분위기를 대변한다. 이는 한낮의 태양빛 아래 조금씩 발가벗는 등장인물 모두의 죄책감을 암시하는 것이기도 하다. 캐릭터 각자가 지닌 애증의 감정을 섬세하게 묘사하며 연애소설로서의 면면을 강하게 드러내는 작가 렌조 미키히코 특유의 장점 또한 불온하고도 아련한 정조를 한껏 북돋는다. 각자의 눈으로 바라본 진실이 교차하며 만들어내는 서사도 대단하지만, 나락인 줄 알면서 부러 걸어 들어가는 인간의 뒤틀린 욕망이야말로 가히 이 작품의, 미스터리의 정수라 할 만하다.

새로운 '본격'의 시대를 알리다

「외딴섬 퍼즐」
아리스가와 아리스

일본에서 '본격 미스터리'는 여전히 미스터리 장르의 큰 줄기를 이룬다. 추리소설의 원류라는 뜻의 '본격本格'이 의미하는 바 그대로 기이한 사건이 벌어지고 트릭을 방패 삼아 암약하던 범인이 대단원에 이르러 명탐정 캐

릭터에 의해 밝혀지는 익숙한 구조가 바로 그것이다. 물론 늘 활황을 누린 것은 아니다. 미스터리 장르의 시작이었던 만큼 닫힌 공간에서 벌어진 살인 사건, 즉 '클로즈드 서클closed circle'이 작위적인 게임에 불과하다는 비판과 더불어 '사회파 미스터리'의 득세와 맞물려 본격 미스터리는 서서히 인기를 잃었다.

상황은 1981년 시마다 소지의 데뷔작 〈점성술 살인 사건〉이 출간되자 완전히 반전됐다. 이를 기점으로 본격 미스터리 작품에 자극받은 작가들이 속속 등장했으며, 그 시발점인 시마다 소지 역시 앞장서 신인 작가를 발굴하며 본격 미스터리의 매력을 다시금 독자들에게 각인시켰다. 이른바 '신본격 미스터리'의 시작이다.

아리스가와 아리스는 대표적인 '1세대' 신본격 미스터리 작가다. 그는 자신의 장편 데뷔작 〈월광 게임〉의 작가의 말을 통해 아예 다음과 같이 선언했다. "밀실 살인이나 알리바이 붕괴도 좋아하고, 기상천외한 트릭도 가슴이 설렙니다. 하지만 제게 있어 가장 추리소설다운 추리소설은 '범인 찾기'입니다. 알리바이가 없는 용의자들 속에서 숨을 죽이고 숨어 있는 살인범. '이 안에 범인이 있다……' 바로 이것입니다." 실제로도 그의 작품은 언제나 '범인 찾기'라는 미스터리소설의 핵심을 정통으로 파고든다. 특히 현재 페이지까지 모든 정보가 공정하게 제공됐음을 밝히면서 독자로 하여금 범인이 누구인지 추리하기를 독려한 '독자에 대한 도전' 페이지를 삽입하는 고전적 작법으로도 유명하다. 논리 정연한 탐정이 소거법을 통해 범인을 하나둘 배제해가다 마침내 진범을 지목하는 클라이맥스에 이르면 본격 미스터리 고유의 카타르시스는 반드시 극대화된다.

그의 두 번째 장편작 〈외딴섬 퍼즐〉은 미스터리 특유의 쾌감과 작가의 작품관을 고스란히 드러낸다. 자신의 필명인 아리스가와 아리스를 작중 일인칭 관찰자 캐릭터로 내세운 '학생 아리스 시리즈'의 두 번째 작품이기도 하다. 에이토대학 추리소설 연구회의 부장인 에가미 지로가 탐정 역을 맡고 있으며, 아리스는 이를 보조하는 어수룩한 '왓슨'으로서 명철한 논리로 활약하는 '홈스' 에가미를 기지와 인간미로 보조한다.

에가미 부장과 아리스는 추리소설 연구회의 회원인 아리마 마리아의 제안으로 그의 할아버지가 숨겨둔 보물을 찾기 위해 외딴섬 가시키지마로 향한다. 그리고 섬 곳곳에 놓인 모아이상이 바라보는 25개 방향을 토대로 보물의 행방을 추적하던 중, 폭풍우가 치던 날 밤 여러 일행 중 두 명이 총에 맞아 살해당한다. 에가미와 아리스는 보물찾기와 더불어 저택 안에 도사린 진범의 정체를 추리하면서 점차 이 모든 것이 누군가의 계획된 복수극이라는 진상에 다가선다.

독자와의 페어플레이를 무엇보다 중시하는 작가지만 그렇다고 단순히 '살인 게임'에 머무는 법은 없어 여기엔 인간의 살의가 진득하게 더해진다. 'U 자'형으로 생긴 섬의 양 끝에 두 채의 저택이 위치해 있고, 하나의 육로를 자전거로 오가는 시스템, 그리고 우연이 만들어낸 치명적인 증거를 조합해 범인을 추리하는 모든 순간에 독자의 이성만이 아니라 감정까지 동화시키기 위함이다. 매혹적인 보물찾기와 긴밀히 연결된 복수극의 진상이 드러나는 순간, 미스터리 본연의 재미를 잔뜩 만끽할 수 있을 것이다.

본격 미스터리,
하드보일드와 크로스

「요리코를 위해」

노리즈키 린타로

어느 여름날 아침, 17세 여고생 요리코가 집 인근 공원에서 시체로 발견된다. 경찰은 이 근방 성범죄자의 소행으로 단정하는 가운데 요리코의 아버지 유지만큼은 진범이 따로 있을 거라 의심한다. 지역 명문고 재학생이었

던 요리코의 비밀을 감추기 위해 학교 측이 은밀하게 시선을 돌리려 하고, 사건이 지역 의원들의 이해관계에까지 이용되려는 양상을 띠면서 경찰의 수사가 왠지 조급하고도 수상하게 느껴졌기 때문이다.

이윽고 유지는 오래전 읽었던 〈야수는 죽어야 한다〉라는 추리소설에 자신의 처지를 이입하면서 직접 범인을 찾아 스스로 복수하겠다는 생각에 다다른다. 그리고 추리 끝에 진범의 정체를 확신한 유지는 그를 살해하고 곧 자신 역시 음독자살을 기도한다. 이 모든 사건의 내막은 딸을 잃은 유지의 수기 형태로 작품 전반부에 자리한다. 딸에 대한 유지의 사랑과 절절한 고통으로 점철된 이 수기는 만에 하나 자살에 실패했을 때 자신의 범행임을 알리기 위한 마지막 양심의 보루였던 것이다. 실제로 그는 기적적으로 살아남아 치료 중이고, 어딘지 석연찮은 이 사건에 추리소설가이자 명탐정 노리즈키 린타로가 개입하면서 차츰 참혹한 진실이 드러난다.

〈요리코를 위해〉를 쓴 노리즈키 린타로는 작가의 필명이자 그의 대표적인 명탐정 캐릭터의 이름이기도 하다. 엘러리 퀸의 열렬한 팬이었던 그는 맨프레드 리, 프레더릭 대니 두 작가가 엘러리 퀸이란 필명으로 활동하며 작중 탐정의 이름마저 엘러리 퀸으로 명명했던 것과 같은 설정을 도입했다. 작가 노리즈키 린타로는 대학 동문이기도 한 아야츠지 유키토, 아비코 다케마루 등과 함께 일본 신본격 미스터리의 주역으로 활동한 작가다. 정교한 트릭, 논리적으로 빈틈없는 플롯을 만드는 데 골몰한 '고뇌하는 작가'로도 잘 알려져 있다. 이 작품 역시 엘러리 퀸을 떠올리게 하는 작풍을 비롯해 특유의 정교한 전개와 그의 깊은 고뇌까지 여실히 느껴진다.

특히 신본격 미스터리의 한계를 극복하려 했던 고민의 결과가 전면에 나서면서 더욱 특별한 분위기를 풍긴다. 일종의 '살인 게임'에 불과하다는 신본격파를 향한 비판을 넘어서기 위해 그가 참고한 것은 다름 아닌 하드보일드소설이었다. 로스 맥도널드의 팬이기도 한 노리즈키 린타로는 작중 린타로를 완벽한 하드보일드 탐정으로 분했다. 조이 디비전의 음악이 요리코의 죽음을 쓸쓸히 위무하는 가운데, 그는 차례로 관련자들을 만나 단서를 얻고 그들의 심중을 캐기 위해 고심한다. 때로는 지역 유지에게 반강제로 끌려가 모종의 압력을 받기도 한다. 냉소적인 독백, 상대의 신경을 긁는 통찰력과 반항적인 말투, 그러면서도 시종 신사적인 태도를 유지하는 완강함 또한 꼭 하드보일드풍 탐정을 연상시킨다.

무엇보다 유지가 진범을 추적하면서 살해 당시 요리코가 임신 중이었다는 충격적인 사실을 깨닫는 것과 마찬가지로, 린타로가 수기의 진실성을 의심하면서 마침내 여러 사람들의 가면이 벗겨지고 추악한 민낯이 드러나는 전개는 책장을 덮은 후에도 오래도록 마음을 짓누른다. 작가 노리즈키 린타로는 새로운 미스터리를 만들기 위해 보다 현실적인 상황과 범죄를 끌어들이고 일상의 공포와 압제를 한껏 부풀려 그 재료로 삼았다. 요리코의 불행한 생애만큼이나 비극으로 얽힌 인물들 모두가 애초에 덮어두는 게 나았을 진실의 의미를 절감케 하며 하드보일드와 본격 미스터리의 절묘한 결합을 보여준다.

음악의 마력을
미스터리로 치환하다

『안녕, 드뷔시』
나카야마 시치리

음악의 힘을 강조하는 건 더 이상 불필요할지 몰라도 때때로 문학 작품에 등장하는 음악에서는 새삼 강력한 힘을 느낄 때가 있다. 생각해보면 이상한 일이다. 문학은 영화처럼 시청각을 아우르는 종합예술이 아니지 않은가.

하지만 미각을 배제한 요리만화가 특유의 표현 기법을 앞세워 일군의 장르를 일군 것과 마찬가지로 음악을 소재로 한 소설 또한 충분히 가능하다. 나카야마 시치리의 데뷔작 〈안녕, 드뷔시〉는 이를 증명하는 동시에 미스터리 소설의 매력 또한 음악과 더불어 실로 아름답게 펼쳐 보인다.

피아니스트를 꿈꾸는 소녀 하루카는 화재로 할아버지와 사촌을 잃고 자신 또한 큰 화상을 입은 채 겨우 목숨만 부지한다. 하지만 절망할 틈이 없다. 그를 수술한 성형의의 말마따나 하루카는 살아 있는 게 아니라 "살려져 있는" 것이기 때문이다. 피부의 3분의 1은 다른 사람에게 제공받는 등 많은 이의 도움으로 살아났으니 만약 사는 것을 비관이라도 하면 결코 용서하지 않겠다는 의사의 으름장은 외려 그를 일으켜 세우기 충분해 보인다. 게다가 돌아가신 할아버지가 남긴 유언장에는 한 가지 절대적인 조건이 있었으니 하루카는 프로 피아니스트가 되어야만 막대한 유산을 상속받을 수 있다. 손녀의 꿈을 적극 지원하려 했던 할아버지의 바람이 어쩐지 손가락조차 가누기 힘든 그를 얽어매는 듯 보이는 것도 당연하다. 하지만 최근 급부상한 젊은 피아니스트 미사키 요스케의 지도를 받으면서 하루카는 '인간 승리'라는 낡은 상투어의 의미를 차츰 되새겨 나간다.

결국 하루카를 일으켜 세우는 것은 음악에 대한 열정과 집념으로, 콩쿠르에서 우승하기 위해 그가 부단히 연습하는 과정은 곧 인간으로서의 성장과도 맞닿는다. 실제로 나카야마 시치리는 클래식 곡의 의미나 뒷이야기는 물론 흐름과 심상까지 섬세하게 묘사함으로써 하루카에게 있어 음악의 의미, 그 당위를 끊임없이 각인시킨다. 동시에 고난 또한 끊이지 않는다. 목발을 짚고 온몸에 붕대를 두르고 등교하는 탓인지 교사들에게 편애받는 듯 보이는 그를 동급생들은 집요하게 괴롭힌다. 그뿐만 아니라 누군가 하루카의 어머니를 죽이고, 하루카마저 사고로 위장해 죽이려 한 미수 사건이 연이어 발생하는 등 유산을 노린 모종의 음모가 그를 계속해서 옭아맨다. 그럼에도 하루카는 연습에 매진하는 수밖에 없다. 피아노는 그가 인간으로서 다시 서기 위한 유일한 방편이기 때문이다.

여러 사건이 벌어지는 와중에도 음악은 늘 이야기의 한가운데 자리해 하루카의 재활과 성장, 고뇌를 아우르며 마침내 콩쿠르에 방점을 찍는다. 결국 연습을 거듭해도 하루카는 장시간 연주하는 것은 불가능한 데 반해 콩쿠르 본선에선 연이어 두 곡을 연주해야 한다. 지금 상태로는 두 번째 곡에선 힘이 떨어져 연주는 중단될 게 뻔하다. 그러니 그냥 첫 번째 곡을 완벽히 선보이는 것으로 만족해야 할까? 한 소녀가 음악을 무기 삼아 다시 일어서는 이야기로 독자를 위로하고 의지를 북돋고 싶었다는 작가의 말 그대로 마지막 하루카의 선택과 공연의 결말은 그래서 더 감동적이다. 그렇다면 살인 사건은 어떻게 마무리될까? 하루카의 도전에 마음을 뺏긴 틈을 타 교묘하게 진실을 가린 이야기는 미스터리의 오랜 트릭조차 아랑곳하지 않은 채 굉장히 뜻밖의 반전을 선사한다. 음악이 지닌 힘과 인간의 무한한 가능성, 미스터리 서사의 묘미까지 아우르는 이 작품 자체가 마치 예술의 근본적인 힘을 절절히 웅변하는 듯하다.

콤플렉스로 빚어낸
혐오의 미스터리

「조각들」
미나토 가나에

한 소녀가 자살했다. 그것도 엄청난 수의 도넛에 둘러 싸인 채. 더 기묘한 건 소녀에 대한 소문이다. 모델처럼 예쁘고 성격도 밝고 운동신경도 뛰어났다고 하는가 하 면, 실은 엄청난 고도비만이었다는 등 사람들의 입을 통

해 전해지는 것만으로는 진실을 알 수 없다. 한편 뷰티클리닉 의사 다치바나 히사노는 TV 토론 프로그램에 출연해 성형을 금지하는 교칙은 부당하다며 역설 중이다. 눈이 나쁘면 안과에 가고, 충치가 생기면 치과에 가는 것과 무엇이 다르냐는 것이다. 감히 환자들의 고통과 성형외과를 찾는 이의 사정을 비교하는 게 가당키나 하냐는 반론에도 그는 당당히 답한다. 자신의 병원을 찾는 이 중 고통스럽지 않은 사람은 단 한 명도 없었노라고. 과거 미스월드 일본 대표 출신이라는 화려한 이력을 가진 성형외과의 히사노는 그렇게 아름다워지려는 사람들의 욕망을 한껏 응원한다. 물론 그의 얄팍한 논리로 미루어 짐작할 수 있듯이 어떻게든 자신의 일을 정당화하려는 것처럼 보이는 것도 당연하다.

〈고백〉〈N을 위하여〉의 작가 미나토 가나에의 〈조각들〉은 히사노가 마주한 사람들이 그를 향해 차례로 털어놓는 내밀한 독백의 대화체로 구성되어 있다. 처음 히사노의 클리닉을 찾아온 그의 고향 친구는 갑자기 불어난 살 때문에 겪은 심적 고통을 상담하더니 곧 어린 시절부터 현재까지, 가족과 친구는 물론 자신의 인생, 경험, 상념을 구석구석 넋두리한다. 이윽고 그의 푸념 가운데서 우연히 얼마 전 자살한 소녀의 이야기를 전해 들은 히사노는 이내 고향으로 가 동창을 수소문하고 차츰 소녀의 관계자들에게까지 접근한다. 그리고 히사노가 찾는 진실과 소녀의 자살 원인은 기이한 접점을 향해 나아가다 마침내 합일된다.

히사노를 상대로 말하는 사람들은 모두 자신의 과거와 속내를 기탄없이 털어놓는다. 이를 통해 히사노가 캐고자 하는 사건의 진상과는 별개로 외모에 대한 혐오와 편견이 얼마나 만연해 있는지를 거의 매 순간 체감할 수 있다. 모든 화자들의 이야기 안에는 타인은 물론 자기 자신에 대한 다양한 외모콤플렉스가 짙게 드리워 있다. 이는 심지어 섭식장애를 극한까지 겪은 이조차 쉽게 넘어설 수 없는 높은 장벽처럼 보인다. 편견과 혐오는 그야말로 숨 쉬듯 이루어진다. 아이가 저렇게 뚱뚱한데도 매일같이 도넛을 만들어주는 어머니는 아이를 학대하는 것이나 다름없다고 생각한다. 뚱뚱한 아이는 음울하고 게으르고 체육이나 댄스에도 재능이 없을 것이라는 편견이 곧 아이에 대한 강제적인 교정으로 이어진 것 또한 마찬가지다. 그리고 사람들의 입을 통해 차츰 조각을 완성해가는 소녀 유우는 살아생전 누구보다 밝고 자신에 대한 애정으로 충만했던 것으로 그려짐으로써 이러한 선입견이 얼마나 폭력적이고 무례하며 부조리한지를 역설적으로 뒷받침한다.

여러 사람들의 말 조각으로 이루어진 〈조각들〉은 결국 외모와 내면 역시도 각기 다른 퍼즐 조각과 같다는 당연한 결론을 향한다. 그러나 그 과정은 보통 사람들의 무심한 듯 자기변호적인 말과 행동으로 인해 시종 먹먹한 감정을 북돋는다. 사람마다 튀어나온 곳도 들어간 곳도 제각각인 조각이지만, 누구라도 들어맞을 곳은 있다는 히사노의 반성이 끝내 절절한 울림을 자아내는 것도 그 때문이다. 말맛으로 채워진 진실한 고백의 미스터리가 평범한 사람들의 악하고 나약하고 아픈 면만을 그렇게나 콕콕 찌른다.

네 개의 미스터리, 네 명의 탐정

「그랜드 캉티뉴쓰 호텔」
리보칭

호수가 내려다보이는 천혜의 절벽에 자리한 캉티뉴쓰 호텔에서 살인 사건이 발생했다. 피살자는 호텔 사장인 바이웨이뒤. 절벽 아래 호수를 따라 조성된 산책로에

서 새벽 운동을 하던 중 총을 맞고 사망했다. 상황은 단순하지만 범인의 종적은 묘연하다. 산책로로 들어서는 길은 하나뿐인데 산책로 입구 CCTV에 찍힌 이는 피살자 외엔 아무도 없다. 맞은편 호수에서도 배는 일절 목격되지 않았다. 말하자면 살인 현장은 호수와 절벽으로 둘러싸인 거대한 밀실인 셈이다. 마침 단짝 친구의 약혼식에 참석하기 위해 호텔에 투숙 중이던 푸얼타이 교수는 호텔 안 인물들의 숨겨진 관계와 밀실의 비밀을 파헤친 다음 이내 범인을 지목한다.

사전 정보 없이 〈그랜드 캉티뉴쓰 호텔〉을 읽는다면 기발한 구조보다는 우선 본격 미스터리의 전형적인 무대와 괴짜 탐정이 건네는 유쾌한 기운에 마음을 빼앗길 게 분명하다. 과거 여러 차례 경찰 수사에 협조하며 세간에 명탐정으로 알려진 푸얼타이는 명백히 셜록 홈스를 모델로 한 인물이다. 단지 관찰하는 것만으로 실상을 속속들이 들여다보는가 하면, 때때로 다른 사람의 기분 같은 건 아랑곳하지 않은 채 내키는 대로 행동한다. 이를테면 그는 겉모습만 보고 어떤 사람인지 추리해달라던 인물의 숨겨진 상처까지 개의치 않고 헤집어낸다. 또 자신은 경찰이나 검사가 아니라 자칭 '범죄연구가'이기 때문에 법정에서 어떻게 판결 나든 진실만 알아내면 그만이라며 범인의 자백으로 일단락된 결말에 자족하기도 한다.

그러나 푸얼타이가 활약하는 건 고작 책의 제1장에 불과하다. 얼핏 완벽해 보이지만 그럼에도 찜찜하게 남은 몇 개의 빈틈은 곧 전 4장에 걸쳐 서서히 메워져나간다. 특히 제2장은 전혀 다른 주인공인 뤼밍싱을 앞세워 또 다른 살인 사건을 다루며 앞선 푸얼타이의 추리에 미묘한 완결성을 부여하는 동시에 영리하게 독자의 시선을 돌린다. 전직 경찰인 뤼밍싱은 경찰 재직 시절의 정보원이 목숨을 위협당하자 비밀리에 숨겨주지만 어찌 된 일인지 은신처에서 잔인하게 살해당한다. 유능한 경찰이던 그가 불명예 퇴직 후 완전히 몰락해 다시금 위태롭게 사건의 배후에 접근하다 마침내 캉티뉴쓰 호텔로 흘러오기까지를 다룬 제2장은 그만큼 앞선 이야기와는 전혀 다른 색채를 띤다. 에두르지 않고 하드보일드 탐정을 전면에 내세움으로써 사뭇 처절한 분위기마저 풍기며 철저히 대비를 이루는 탓이다.

이어지는 제3장에서는 변호사 거레이를 통해 또 한 번 숨겨진 내막을 들춘다. 거레이는 의뢰인의 불륜 증거를 수집하다 호텔로 흘러 들어와 새로운 진실을 찾는 탐정이 된다. 마지막 제4장에서는 인텔 선생이라 불리는 괴도의 시점에서 마치 스파이소설 같은 분위기로 마지막 퍼즐을 완성한다. 등장인물 간 내연 관계는 오래전 호텔 인근 마을에서 일어난 가스폭발 사고의 오랜 내상만큼이나 복잡다단하게 얽혀 있는데, 장마다 찜찜하게 남는 뒷맛은 탐정 역이 바뀌며 만들어내는 새로운 맛으로 개운하게 정리된다. 그렇다고 푸얼타이를 얼치기 탐정으로 남기는 것도 아니다. 조류학자라는 본업에 근거해 근방에 서식하는 새의 행태와 사건 현장의 연관성에 주목하며 흥미로운 추리를 펼칠 뿐 아니라, 끝까지 방관자인 체하며 실은 교묘한 승리자로 자리하기 때문이다. 더욱이 대만이라는 다소 이질적인 배경 덕분에 특별한 분위기가 연출되어 에피타이저부터 디저트에 이르기까지 코스마다 더더욱 독특한 별미를 맛볼 수 있다.

창조자와 현실에 도전하는 미스터리

「픽스」

워푸

    저명한 순문학 작가가 곧 신작을 발표한다고 예고했다. 그가 이번 작품은 "사회 현실을 반영하면서도 문학적 깊이를 갖춘 동시에 추리소설의 묘미가 느껴지는 소설"

이 될 예정이라고 선언하자 작품이 나오기도 전부터 큰 반향을 일으켰다. 독자와 언론은 온갖 추측과 토론으로 관심을 표명했으며, 출판사는 출간 전부터 각종 프로모션 이벤트로 이 '대작'을 뒷받침하고자 서둘러 준비 중이다. 작가 역시 이 작품이 자신의 최고작이자 전환점이 되리라 자신하던 참, 익명의 독자로부터 메일을 받는다. 자신을 '아귀阿鬼'라 소개한 그는 뜬금없게도 작가의 신작에 치명적인 결함이 있다고 지적한다. 아직 책은 출간되기 전이라 일반에 원고는 공개된 적이 없다. 당연히 그저 시비조의 악성 메일이려니 싶어 홧김에 경고의 메시지를 보내고 말았으나 아귀는 곧 공손한 말투로 작품의 모순과 허점을 하나하나 제시해나간다. 출간이 코앞으로 다가온 지금, 작가의 등줄기에는 곧 식은땀이 흐른다.

작품에 있어 작가는 곧 창조주다. 그런데 누군가 창조주에게 당신이 적시한 범인은 절대 범인이 아니라고 주장한다? 굉장히 의아한 상황이지만 작품 내에서 제시된 배경과 상황, 캐릭터의 성격 등을 토대로 근거를 제시하고 반박하자 창조주는 곧 자신이 설계한 결말이 완전히 잘못되었음을 인정할 수밖에 없다. 대만 작가 워푸의 추리소설 〈픽스〉는 작품의 결점을 추리하는 의문의 독자 아귀와 일곱 명의 작가가 각자의 작품이 지닌 모순을 수정해나가는 연작 단편집이다.

대만 문단을 대표하는 작가의 야심 찬 첫 번째 추리소설로 문을 연 이야기는 이윽고 대필 작가, 웹소설 작가, 연애소설 작가, SF 마니아 등 각 작가가 집필한 소설의 치명적인 문제점을 찾아내고 궁극적으로는 전개와 결말을 바꿔나가는 과정을 그린다. 총격 살인, 치정 살인, 유괴, 추락사, 강간 등 작품이 다루는 소재나 배경은 제각각이며, 로맨스소설이나 심지어 다른 행성을 배경으로 한 SF를 대상으로 하는 등 바탕 역시 전부 다르다. 그러나 미스터리에 익숙지 않은 각각의 창조주들이 미스터리 장르를 앞세워 녹여낸 세계엔 하나같이 결정적인 모순들이 있다. 지나치게 플롯을 중시하여 캐릭터를 끼워 맞춘 탓이기도 하며, 결론을 정해놓고 일차원적인 전개를 고집한 탓이기도 하고, 미스터리 요소를 전면에 내세우고도 치밀한 해답을 고민하지 않은 탓이기도 하다.

작품이 지닌 문제는 차기작을 통해 전작의 결론을 뒤집으며 해결되기도 하고, 웹소설의 경우 기존에 정해진 연재분 이상을 집필하며 차근차근 세계를 넓혀감으로써 완성도를 높여가기도 한다. 이렇듯 일곱 편의 단편은 전혀 다른 색깔의 추리소설을 제시하는 한편, 창작 과정을 면밀히 짚어냄으로써 미스터리 창작법을 작품에 직접 반영한다.

또 하나 뜻밖의 사실은 이 일곱 개의 사건이 모두 대만 사회에서 크게 회자된 실제 범죄를 기반으로 하고 있다는 점이다. 책의 말미에 등장하는, 미출간된 책까지 꿰고 있는 아귀의 정체도 재미있지만, 무엇보다 각 단편을 실제 사건과 매칭하며 이를 모티브로 삼았다는 작가 후기는 더더욱 흥미롭게 다가온다. 작가 워푸는 수사 과정상 오류와 의혹이 노출된 실제 사건을 소설 속 소설로 재구성하여 누군가에게 억울한 누명을 씌우며 종결됐던 당시 사건을 재차 환기한다. 작중작에서 처음 작가들이 상정한 범인이 아귀에 의해 부정당하는 일련의 과정은 이를 명징하게 드러낸다. 일곱 편의 단편이 연이어지면서 자연히 워푸가 전하고자 한 메시지는 더욱 분명해진다. 덕분에 책장을 덮는 순간 '고치고 보완하고 바로잡은 (FIX)' 소설이 마침내 실제 세계를 구원하는 기묘한 순간과도 마주할 수 있다.

연애, 그 참을 수 없는 무거움

「만나지 않았더라면 좋았을 거짓말쟁이 너에게」

사토 세이난

연애소설, 로맨스 장르에서 가장 빛나는 장면은 두 사람 사이 아무것도 아니었던 감정이 호감으로 변하는 기적 같은 순간일 것이다. 스크루볼 코미디처럼 결국 맺어질

게 분명한 커플이 티격태격하다 마침내 연인이 되는 것과는 조금 다르다. 사랑은 불시에 찾아와 마음속에 자리를 틀고 자신도 모르는 사이 서서히 덩치를 키워나간다. 그 주체할 수 없는 감정을 다스리면서 다가가야 할 용기와 그러지 말아야 할 명분을 종일 저울질하는 풋내 나는 광경이야말로 가장 진실한 감정이 담긴, 연애소설의 핵심 중 하나다. 이 과정을 통해 미숙한 청춘은 어느새 매력적인 캐릭터로 변모해 상대의 마음을 알지 못해 벌어지는 모든 순간에 독자를 동참시킨다. 그러니 이런 지레짐작을 미스터리로 해석하는 것도 충분히 가능하지 않을까?

〈만나지 않았더라면 좋았을 거짓말쟁이 너에게〉는 익숙한 클리셰를 앞세워 우선 연애소설임을 한껏 '가장'하는 미스터리소설이다. 법무사무소에서 일하는 키미히로는 법무사 시험을 준비 중인 신실한 청년으로, 단짝 친구 모리오와 선술집에서 연애 이야기를 주고받던 중 우연히 옆자리 손님인 나나를 소개받는다. 술자리 농담처럼 시작된 일이지만 자신보다 7살이나 어린 나나가 흔쾌히 데이트를 받아들이면서 그의 마음에도 동요가 인다. 문제는, 이와 동시에 회사 동료인 유코가 그에게 적극적으로 다가오는 데서 불거진다. 갈팡질팡하는 사이 둘 모두에게 같은 영화를 보자고 제안받은 키미히로는 자신의 진심을 더듬어낸 다음 마침내 마음을 정한다. 모리오의 말마따나 고작 영화 한 편 보는 것에 불과할지 몰라도 누구보다 성실했던 그는 친구에게 상담까지 한 끝에 결국 유코와의 데이트를 정중히 거절한다.

이때까지만 해도 키미히로에게 찾아온 봄바람에 충분히 정신을 뺏길 만하다. 악덕 상사에게 매일같이 혼나면서도 유코를 감싸주는 탓에 연애에 숙맥인 키미히로에게 유코가 마음을 내어주는 것도, 나나가 차츰 그에게 호감을 가지는 것마저도 당연하게 느껴진다. 하지만 유코가 키미히로에게 집착하며 교묘한 방법으로 그를 회사에서 내쫓고 궁지로 내몰면서 상황은 급변한다. 심지어 키미히로가 위기를 수습하고자 유코와 억지로 데이트하다 곧 그에게 살해당하니, 마냥 달콤했던 이야기는 예상치 못한 순간 곧 쓴맛 가득한 미스터리로 선회한다.

이어지는 미스터리 역시 기묘하다. 모텔에서 키미히로를 살해한 유코는 감형 가능한 상황증거, 즉 과실치사나 정당방위를 주장할 수 있는데도 굳이 '바람피운' 키미히로를 죽일 수밖에 없었다며 스스로를 불리한 입장으로 내몬다. 형사들이 그 거짓말의 이유를 찾아내려 키미히로의 주변인을 탐문하는 사이 광기와 치정으로 점철된 스토킹만이 아니라 완전히 베일에 가려 있던 복수가 실체를 드러내면서 그간 우연처럼 보이던 사건이 누군가의 '기획'이었다는 사실로 놀라움을 안긴다. 그러나 그보다 더 재미있는 것은 '연애 미스터리'라는 키워드 그대로 키미히로의 연심과 주변인의 증언을 토대로 차곡차곡 쌓아가는 섬세한 연애 감정 묘사가 그대로 미스터리의 해답과 얽히는 데 있다. 키미히로를 죽음으로 내몬 이가 죄책감 이후에 뒤늦게 깨닫는 애정은 그래서 더더욱 애잔한 진실로 이어진다. 제목의 '거짓말쟁이'가 장을 거듭하며 차례로 다른 인물을 지칭하는 그대로, 사랑과 복수가 뒤섞여 굉장히 뜻밖의 질감으로 연애와 미스터리를 한데 아우른다.

독자를 기만하는
서술 트릭의 모든 것

「미스터리 아레나」
후카미 레이치로

폭우가 쏟아지던 날, 미스터리 연구회 회원들이 하나
둘 별장으로 모인다. 악천후에도 올해 역시 누구 하나 빠
지지 않고 모두 참석했는데 어째 별장의 주인인 마리코

만 보이지 않는다. 불길한 예감은 그대로 적중했으니, 마리코는 곧 피투성이가 된 채 시체로 발견된다. 제일 마지막에 도착한 마루모에 의하면 별장으로 오던 중 급류에 교각 하나가 부러져 자신이 건넌 직후 다리는 전면 통제된 상황이라고. 별장은 바다 쪽으로 튀어나온 반도에 위치해 있어 내륙으로 가려면 반드시 다리를 건너야 한다. 다리가 복구될 때까지 꼼짝없이 별장에 갇힌 회원들, 그리고 이곳에 숨죽이고 있는 살인자. 마침내 본격 미스터리의 전제 조건 중 하나인 클로즈드 서클이 완성되었다.

　너무나도 흔한 구조라 오히려 의아해질 무렵, 이야기는 느닷없이 퀴즈쇼로 넘어간다. 한 해의 마지막 날 방송되는 NHK의 〈홍백가합전〉을 밀어내고 올해로 10회째 방영 중인 인기 추리 프로그램 '미스터리 아레나'란다. 그러니까 앞선 별장의 이야기는 퀴즈쇼의 문제이며, 출연자들은 이 이야기를 읽고 살인자를 추리해 정답을 맞히고 일확천금을 획득하고자 경쟁 중인 것이다. 그래서 퀴즈쇼의 문제 격인 별장 살인 사건의 전말이 조금씩 서술되면 다시 퀴즈쇼로 전환되어 출연자의 해답 편이 번갈아 전개된다. 굉장히 독특한 구조지만 더욱 특별한 것은 이 형식이 그동안 미스터리 작가들이 독자를 의도적으로 기만하기 위해 만들어낸 '서술 트릭'을 모조리 까발리는 데 초점을 맞추고 있다는 점이다.

가령 이런 식이다. 최초의 정답자에게만 상금이 수여된다고는 하지만 이제 막 시체가 발견된 순간 정답 버저를 누른 출연자는 화자인 '나'가 다중 인격이라는 다소 엉뚱한 추리를 선보인다. 뒤이은 어느 출연자는 작중 캐릭터의 이름이 복수의 사람을 지칭할 수 있다는 서술 트릭을 간파해 정답을 내놓는다. 의외의 범인을 제시해야 하는 미스터리 법칙에 의거해 죽은 마리코나 탐정 역을 자처한 캐릭터를 의심하는 이도 있다. 이후에도 챕터가 진행됨에 따라 여자의 이름으로만 생각했던 마리코가 실은 다른 남성 회원의 성姓이라는 주장에, 심지어 고양이와 인간을 오인하게 하는 등 갖가지 엉뚱한 미스디렉션 misdirection을 내세우며 독자를 호도하는 출제자의 속셈을 파헤친다.

처음엔 모두 황당한 답변처럼 보이지만 미스터리 마니아를 자처하는 출연자들은 차례차례 그럴듯한 논리로 자신의 추리를 차곡차곡 뒷받침한다. 특히 불공정 게임, 즉 독자에게 준 정보가 거짓이거나 후에 작중 캐릭터에게만 새로운 정보가 전달되어 해결하는 방식은 지양해야 하는 만큼 터무니없어 보이던 추리는 그동안 미스터리소설의 전례와 불문율, 창작자가 고려했을 각종 배경 상식을 근거 삼아 그때그때 이것이 정답이라는 확신마저 준다.

그러나 정답자의 확신은 이어지는 다음 챕터에서 곧바로 무너진다. 마치 정답자가 이렇게 추리할 것을 이미 알고 있었다는 듯 매번 다음 '문제 편'에선 완전무결해 보이던 해답을 완전히 뒤집는 단서나 상황이 새로이 제시되기 때문이다. 그렇게 수 번의 문제와 정답이 교차하는 동안 그간 미스터리 창작자들이 의외의 범인을 만들기 위해 고안했던 기상천외한 술수들이 빼곡히 나열된다. 한마디로 〈미스터리 아레나〉는 미스터리 장르에 대한 메타 소설이자 오마주이며 패러디다. 수상한 퀴즈쇼의 전말 역시 사회자의 농담과 너스레로 눙치던 유쾌한 순간을 지나 별안간 출연자를 괄시하고 하대하는 불온한 분위기로 흐르더니 마침내 굉장히 의외의 결말을 향한다. 서술 트릭이라는 정교한 장치의 장점은 물론 맹점까지 정확히 짚어내는 가운데, 문자 그대로 '수십 차례' 거듭되는 반전이 본격 미스터리 장르의 핵심까지 정확히 관통한다.

기억나지 않음, 추리

「오키테가미 쿄코의 비망록」

니시오 이신

'라이트노벨'이라고 하면 그 이미지는 비교적 명확한
반면 장르로 정의하기엔 여전히 모호한 구석이 있다. 우
선, 이미 '소'설小說인데 군이 '가볍다light'라는 의미까지

더했으니 도대체 얼마나 작고 가벼운 이야기이려나 싶다. 미스터리, 호러, 로맨스처럼 이야기의 내용이나 얼개를 제시하는 용도도 아니다. 그럼에도 라이트노벨이 비교적 젊은 독자를 대상으로 하는, 만화풍 삽화가 가미된 엔터테인먼트 소설이라는 것에는 이의가 없을 것이다. 여기에 처음부터 영상화를 목표한 듯 독특한 소재나 세계를 구상화한다는 점이 더해져도 무리는 없어 보인다. 일본에서 시작된 라이트노벨은 오늘날 온전히 독자적인 서브컬처로 분류된다. 그만큼 기존 장르소설에서는 볼 수 없던 참신한 이야기들이 라이트노벨만의 독특한 위치를 대변한다.

니시오 이신의 작품을 보면 라이트노벨의 정체는 보다 명확해진다. 니시오 이신은 2002년 〈잘린머리 사이클〉로 데뷔한 이래 주로 현실을 조금 비튼 이세계異世界나 기현상을 앞세운 미스터리극을 선보이며 대표적인 라이트노벨 작가로 자리매김했다. 데뷔작부터 이어진 이른바 '헛소리 시리즈'는 미스터리 장르의 전형적인 요소를 활용하면서도 과장된 캐릭터와 상황을 창조해 전에 없던 게임을 전개했다. 이형의 존재에 씐 소녀들을 구하는 〈괴물 이야기〉를 필두로 한 '이야기 시리즈' 역시 전기傳奇적인 요소가 강하긴 하지만, 결국 갖가지 난제의 원인을 추리하고 해결하는 전형적인 미스터리 구조를 띤다. 모두 일본 애니메이션을 연상시키는 캐릭터와 설정을 동원해 현실과 동떨어진 곳에서 벌어지는 이야기를 논리와 이성으로 정련함으로써 새 영지를 개척한 작품들이다.

〈오키테가미 쿄코의 비망록〉은 본격 미스터리, 그중에서도 코지 미스터리로 분류될 법한 작품이다. '코지 cozy'가 의미하는 그대로, 살인 사건 같은 강력범죄를 차치한 '안락한 일상' 속에서도 얼마든지 추리극이 가능하다는 것을 보여준다. 물론 일상이라는 측면에서 본다면 기존 코지 미스터리와 조금 결이 다르긴 하다. 주인공이자 화자인 카쿠시다테 야쿠스케는 사건이나 범죄와 맞닥뜨리면 늘 범인으로 의심받는 인물이다. 별다른 이유가 있는 것은 아니다. 그저 초등학교 시절 학급에 물건이 없어지면 왠지 모르게 범인 취급받던 녀석처럼 마치 천성인양 늘 용의자로 몰리기 일쑤였을 뿐이다. 그렇게 살아온 탓에 자연히 단골 탐정도 여럿이다. 이 중 오키테가미 쿄코는 최고는 아니지만 "가장 빠른 탐정"이라는 수식어처럼 모든 사건을 단 하루 만에 해결하는 명탐정이다. 이유는 단순하다. 쿄코는 소위 '망각 탐정'으로 자고 일어나면 모든 기억이 '리셋'된다. 그래서 명석한 추리력으로 하루밖에 유지되지 않는 기억의 빈틈을 메우고, 유명 소설가의 돌연사가 절대 자살이 아님을 증명하기 위해 약 100권의 소설책을 자지 않고 읽는 기행에도 도전한다. 자신의 약점을 만회하기 위해 몸 이곳저곳에 메모를 남기고, 이에 근거해 의외의 국면을 모색하는 창의력은 단연 발군이다. 온통 생경한 광경으로 넘쳐나지만, 기억, 즉 추리 과정이 유지된다는 당연한 전제를 배제한 채 문제를 해결하는 과정은 결국 미스터리 장르의 핵심으로 수렴한다.

늘 범인으로 몰리는 남자와 기억이 하루 단위로 지속되는 명탐정의 이야기라니. 과연 기존 추리물에서는 전혀 볼 수 없는 뜻밖의 '설정'이다. 다소 과장되긴 했지만 그 덕분에 이야기는 굉장히 새롭다. 굳이 살인이 아니더라도 벌어질 수 있는 소소한 사건 속에서 가장 효과적으로 해답을 찾는 명탐정 쿄코의 방식은 온통 낯선 것투성이기 때문이다. 라이트노벨 특유의 기발한 캐릭터, 코지 미스터리의 독특한 분위기와 사건으로 구성된 '망각 탐정 시리즈'의 속편이 벌써부터 기다려진다.

논픽션을 가장한 교묘한 픽션의 맛

「소녀불충분」
니시오 이신

시작부터 너스레다. 작가는 이 책 〈소녀불충분〉을 쓰기까지 10년이 걸렸으며, 솔직히 말하건대 그간 소설이라는 것은 하나도 쓰지 못했노라고 고백한다. 물론 10년

차 소설가께서 내뱉는 이런 비뚤어진 소리는 그간 발표한 작품의 맥과도 정확히 상통한다. 이제껏 자신이 쓴 소설들 모두 이렇듯 청개구리 같은 괴짜 작가 행세를 해온 것에 불과하다는 것이다.

그러거나 말거나 중요한 건 이 책은 소설이 아니라는 점을 끊임없이 강조하는 데 있다. 지금부터 이야기할 내용은 소설가가 되기 10년 전 실제로 겪은 일이며, 이 사건이야말로 특별한 일 하나 없던 자신의 인생에서 유일하게 내세울 만한 기이한 일이라는 것이다. 그리고는 당시 소설가 지망생이었던 자신의 괴팍한 성격을 하나둘 나열하기 시작하더니, 그 진짜로 겪었다던 사건으로 들어가기까지 무려 30페이지 가까이 할애하며 이 이야기를 하기로 마음먹게 된 사연과 갈등을 계속해서 저울질한다. 마치 라이트노벨 작가 니시오 이신이 그간 자신의 작품에서 보여준 장광설과 너스레, 하염없이 심상을 묘사하다 언어유희로 눙치던 특유의 작법이 어디에서 기인했는지를 설명하는 듯하다.

그가 겪은 일이란 한 소녀에 관한 사건이다. 그는 자전거로 등교하던 중 휴대용 게임기에 집중하며 길을 걷던 두 아이 가운데 하나가 트럭에 치이는 사고를 목격한다. 앞서가던 아이는 문자 그대로 산산조각이 났다. 기묘한 것은 그다음이다. 뒤따라오던 아이는 친구가 죽은 것을 바라보다 자리에 멈춰 선 채 다시금 손에 들고 있던 게임에 집중한다. 그리고 잠시 후 게임을 세이브하고 전원을 정확히 끈 다음에야 울면서 친구의 시체에 다가간다. 이를 유일하게 목격한 그의 눈에는 소녀의 비통한 외침이 어딘지 모르게 이질적으로 느껴졌을 게 분명하다.

그리고 일주일 후 작가에게도 사고가 닥친다. 달리던 자전거 바퀴에 쇠 파이프가 껴 길바닥에 나동그라지는 큰 사고를 당한 것. 그런데 당연히 쇠 파이프라고 생각했던 물체는 리코더였고, 이 사고를 실행한 것은 트럭 사고 당시 목격했던 그 소녀였다. 심지어 소녀는 쓰러진 그에게 다가와 열쇠를 훔친 후 집에 잠입해 그를 협박, '유괴'하고 자신의 집에 감금한다. 이후 벌어지는 일주일간의 감금 생활은 그의 말마따나 '자발적 감금'에 가까울 만큼 기묘한 줄다리기로 이어지다 마침내 소녀의 기구한 사연과 비참한 속내를 드러내며 막을 내린다. 결론만 말하자면, 소녀는 처음부터 사이코패스 같은 게 아니었을 뿐이다.

수기 형식으로 자신의 체험을 고백하면서도 그는 시시때때로 강조한다. 어쩌면 "그 일을 소설처럼 연출해서 그 아이를 허구의 세계에 묶어버리려는 계획을 꾸미고 있는지도" 모른다고. 하지만 결말부에 이르러서야 작가의 계획과 더불어 이 '소설'의 정체 또한 모습을 드러낸다. 그는 10년간 소설가로서 쌓아왔던 경력 전체를 그럴듯한 토대로 구축한 이 실험을 통해 독자를 더욱 리얼한 세계로 초대하고 싶었을 뿐이다.

애초에 이 작품은 '소설이 아니라 줄거리도 없고, 기승전결이나 반전, 세심한 결말도 기대하지 말라고' 재차 강조함으로써 그 토대는 더욱 리얼해진다. 동시에 작중 온갖 터무니없는 이야기들 또한 읽는 내내 '사실'로 수렴된다. 독자로 하여금 이건 마치 논픽션 형식을 빌려 그려낸 픽션이 아닐까 끊임없이 의심을 품게 만들면서, 실은 논픽션이라는 형식 그 자체를 픽션의 재료로 삼아 독자를 기만했던 것이다. 대개 판타지가 가미된 장편 시리즈를 대표작으로 삼은 작가 니시오 이신이지만, 독자적인 책 한 권 안에 자신의 10년 치 세계를 모두 활용하며 픽션과 현실의 경계까지 넘나든 실로 독특한 작품이다.

초능력과 미스터리의 뜻밖의 공조

「영매탐정 조즈카」
아이자와 사코

셜록 홈스는 사람을 한 번 훑어보는 것만으로 직업과
성격은 물론 최근 다녀온 곳이나 현재 처한 상황까지 정
확히 꿰뚫곤 한다. 처음 본 사람의 속내를 들여다보는 홈

스의 장기는 일견 마법처럼 보일 법하지만, 그렇다고 별다른 속임수가 있는 것은 아니다. 그의 말마따나 다른 사람들은 그냥 보지만 그는 '관찰'하니까. 이러한 초인적인 추리력은 명탐정 캐릭터가 상징하는 그대로 추리소설의 큰 재미이자 정체성이기도 하다. 그러니 만약 인간의 상식을 뛰어넘는 초능력자가 등장한다면 이는 논리와 이성으로 쌓아 올려야 할 미스터리의 핵심을 뒤흔드는 것이나 다름없다. 심지어 죽은 자의 마지막을 본다거나 아예 피살자의 혼을 불러오는 영매라면 처음부터 게임이 성립되지 않으니 이는 반칙을 넘어 기만으로 느껴질지도 모른다.

좀비를 등장시킨 〈시인장의 살인〉이 크게 히트한 이후 일본 미스터리계에선 갖가지 초현실적인 설정을 동원한 이른바 '특수설정 미스터리'가 활황을 누리고 있다. 〈영매탐정 조즈카〉도 그중 하나로, 영능력자를 내세우는 파격으로 우선 눈길을 끈다. 그동안 미스터리 장르에서 영매는 실제로 영혼과 소통하는 것이 아니라 정교한 속임수를 사용하는 이로서 반드시 주인공에 의해 비밀이 파훼되는 존재가 대부분이었다. 일본드라마 〈트릭〉은 매화 초능력자들의 사기 행각을 파헤치는 이야기였고, 미국드라마 〈멘탈리스트〉는 영적 존재를 믿지 않는 가짜 영매 출신 수사 자문을 내세워 모든 것을 이성으로 정련했다. 특히 어떤 불가해한 살인 사건이 벌어져도 하나 이상하지 않을 환상적인 분위기를 북돋기 일쑤인 본격 미스터리에서는 대개 등장인물들의 이성을 뒤흔드는 기능적인 캐릭터로 분하곤 했다. 그래서 사람의 특별한 기운을 감지하고 죽은 자와 교감하는 영매 조즈카의 능력은 오히려 미스터리 문법을 교묘하게 역이용하며 전에 없던 색다른 재미를 준다.

물론 영매라고 해서 만능은 아니다. 조즈카는 피해자가 살해당한 장소에서만 기운을 느낄 수 있고, 또 영혼과의 공명 여부도 사람에 따라 달라진다. 그래서 조즈카가 추리소설가 고게쓰와 짝을 이뤄 여러 살인 사건을 해결하는 과정은 설명하기 어려운 해답을 미리 얻은 채 이를 논리적으로 해설할 방법을 구체화하는 것으로 그려진다. 가령 살인자 특유의 '냄새'로 범인은 진작에 특정했지만 눈에 보이는 명확한 증거를 제시하기 위해 고군분투하는 식이다. 게다가 그 물증 역시도 상당 부분 불가해한 현상에 의존함으로써 굉장히 이질적인 분위기마저 풍긴다. 그러면서도 범인을 미리 공개하는 도서倒敍 추리나, 고립

63

된 서양식 별장에서 살인이 벌어지는 클로즈드 서클, 짧은 시간 계속해서 피살자가 발생하는 연쇄살인 등 미스터리의 클리셰를 너르게 비틀어 새롭게 배열한다.

작품의 또 다른 재미는 비취색 눈을 가진 아름다운 여인 조즈카와 고게쓰가 서로에게 느끼는 묘한 애정 관계에서도 찾을 수 있다. 세상 물정 어둡고 친구 하나 없는 조즈카가 스스로를 저주받은 피로 여기다 수사에 기여하며 세상과 만나는 과정 역시 그래서 더 힘을 얻는다. 그러나 무엇보다 가장 큰 재미는 이 모든 것의 근간을 뒤엎는 반전에 있다. 해답에 접근하는 길이 하나가 아니듯, 영적 능력으로 도출한 추리에 다시금 완벽한 관찰력을 덧대는 마지막 에피소드는 미스터리 장르 그 자체에 대한 헌사나 다름없다. 청춘소설과 사이코 스릴러의 기묘한 접점으로 보였던 작품의 본질까지 재차 뒤흔드는 변칙이 꽤나 새롭고도 절묘하다.

고전을 재해석한들 결국엔 살의

「옛날 옛적 어느 마을에 시체가 있었습니다」
아오야기 아이토

미스터리란 본디 논리의 장르다. 한눈에 이해하기 힘든 불가사의한 현상과 상황을 사람들은 종종 저주나 원령 등의 존재를 빌려 설명하려 한다. 그러나 미스터리는

절대 이런 비논리적인 해석에 머무는 법이 없다. 어물쩍 미지의 영역으로 던져 넣는 것이 아니라 끝내 논리로 정련해 눈앞에 펼쳐 보이는 것이다. 그중에서도 특히 본격 미스터리는 '본격'이 의미하는 그대로 가장 진득한 논리의 산물이라 할 만하다. 불가능 범죄를 실현하고 이를 가능케 한 트릭을 간파한 뒤 진범을 지목하는 본격 미스터리의 일반적인 구조는 모든 어그러진 것을 상식과 이치로 정리하는 과정과 다름없다. 과연 본격 미스터리의 본질을 '논리 게임'에서 찾을 만하다.

〈옛날 옛적 어느 마을에 시체가 있었습니다〉(이하 〈옛날 옛적〉)에 대한 선입견 역시도 그런 종류의 것이었다. 일본의 전래동화 다섯 편을 각각 본격 미스터리의 주요 코드인 알리바이 트릭, 다잉 메시지, 도서倒敍 추리, 밀실 살인, 클로즈드 서클로 풀어낸다고 했을 때 상상할 수 있는 그림이란 한마디로 '패러디'에 가까웠다. 즉, 전래동화 특유의 판타지를 근간에 둔 '특수설정 미스터리'려니 막연히 추측했던 것이다.

그도 그럴 것이 이마무라 마사히로의 〈시인장의 살인〉 이후 특수설정 미스터리는 꾸준히 증가세였다. 좀비에게 둘러싸인 저택 내 연쇄살인을 그려낸 이 작품은 좀비영화의 클리셰와 본격 미스터리를 결합해 '이 미스터리가 대단하다' 1위, 제18회 본격 미스터리 대상 등을 수상하며 크게 각광받았다. 시라이 도모유키의 〈그리고 아무도 죽지 않았다〉 역시 애거사 크리스티의 〈그리고 아무도 없었다〉를 원본 삼아 외딴섬에 초대된 사람들 사이에 벌어지는 연쇄살인을 다루는데, 그 중심에는 섬에 고립된 손님 모두가 한 번 사망했다 모종의 이유로 다시 부활한 초자연적 현상이 새로이 자리한다. 이를 토대로 범인의 악마적인 트릭을 파헤치고 진범을 지목하는 전개에는 당연하다는 듯 건물의 평면도가 수록되고 복잡한 장치가 동원된다. 단지 전에 없던 초현실적인 법칙만이 추가됐을 뿐 논리의 영역을 벗어나는 법은 없다.

그러나 〈옛날 옛적〉의 방점은 결코 불가능 범죄를 해체하는 데에만 찍혀 있지 않다. 인간이 아닌 존재를 의인화하면서까지 들여다보고자 하는 것은 오히려 인간이라는 불가해한 생물의 추악한 욕망에 가깝다. 자신의 날개 깃털로 옷을 짓는 은혜 갚은 두루미의 원전은 살인 행각이 미리 공개되는 도서 추리 방식으로 변모해, 결말은 아예 도입부와 뫼비우스의 띠를 이루며 살인자와 피해자를 영원한 굴레로 엮는다. 거북이를 구해준 보답으로 용궁에 초대된 우라시마 다로의 이야기 역시 용궁 안의 밀실 트릭을 작중 새로운 법칙으로 풀어내는 데 그치지 않는다. 도깨비섬을 정벌한 모모타로의 후일담 또한 마찬가지. 그 안에는 누구도 눈치채지 못한 음험한 살의가 도사린다. 그리고 한 인간을 말살하기로 결정한 그 살의야말로 스산한 분위기를 북돋우며 본격 미스터리의 본질까지 정확히 관통하는 이 작품집의 핵심이다.

특별한 도전임에도 〈옛날 옛적〉의 질감은 낯선 듯 의외로 익숙하다. 교훈으로 포장한 전래동화에 이미 인간이라는 탐욕스럽고 잔인한 존재의 어리석음이 담겨 있는 탓이다. 살의라는 인간의 가장 극단적인 감정이 미스터리 장르의 진짜 본질이었음을 새삼 실감한 작품으로 기발한 아이디어를 넘어서는 통찰은 그래서 더 반갑다.

두 번째 살인만 심판한다

「낙원은 탐정의 부재」

샤센도 유키

2021년 말 공개된 넷플릭스 드라마 〈지옥〉은 지옥의 사자가 사람들을 심판하는 초자연현상에 의한 일대 혼란 을 그려내며 세계적인 반향을 불러일으켰다. 천사에게

죽음을 고지받은 사람들이 사자들에게 잔인하게 살해당하는 세계. 신흥종교 단체 새진리회가 주장하는 그대로 사람들이 이를 신이 죄지은 이를 벌하기 위해 만들어낸 시스템으로 받아들이면서 작품 중반부터 세계는 새로운 법칙으로 재편된다. 그리고 '죄를 지으면 죽는다'는 강력한 기제에 길들여진 세상은 초상현상의 진실과 무관히 위선으로 점철된 모습을 드러내면서 쓴웃음을 자아낸다.

샤센도 유키의 〈낙원은 탐정의 부재〉도 이와 비슷한 신세계를 무대로 삼는다. 어느 날 갑자기 날개를 펴고 강림한 천사들이 죄인들을 단죄하기 시작한다. 〈지옥〉과 마찬가지로 그 연유는 알 수 없지만, 〈지옥〉과 달리 그 법칙만은 공고하다. 바로 사람을 두 명 이상 살해한 자는 천사가 지옥 불로 심판한다는 것이다. 두 명째 살인하는 순간 천사에게 잔혹하게 불태워진다는 사실이 공표되면서 치솟던 범죄율은 그야말로 급전직하한다. 왜 하필 두 명부터인지에 대해선 의견이 분분했지만 도출한 결론은 간단했다. 이유야 어찌 됐건 마치 첫 번째 살인은 "신이 용납한 살인"인 양 취급되면서 곧 한 명까지는 죽여도 된다는 풍조가 자리 잡은 것이다. 게다가 이왕 죽일 바에는 가능한 한 많은 이들을 죽이겠다는 비뚤어진 이들이 생겨나면서 자살과 대량 살상을 전제한 폭파 사건도 빈번해졌다. 누군가는 낙원이라 말하지만 세상 뒤편에는 여전히 살의가 잔뜩 들끓고 있다.

그러나 이 작품이 집중하는 것은 새로운 규칙으로 재구성된 세계의 모순이 아니다. 천사가 등장함에 따라 세상에서 거의 사장된 또 하나는 바로 연쇄살인이다. 연쇄살인범은 자취를 감추었고 이로 인해 탐정 아오기시는 명탐정이라 불리던 옛 영광을 뒤로한 채 현재는 고작 잃어버린 반려동물을 찾아주는 일로 연명 중이다. 한마디로 〈낙원은 탐정의 부재〉가 다루려는 것은 명탐정이 필요없어진 세계에서 일어난 기묘한 연쇄살인이다. 유독 천사가 많이 몰려든 도코요지마섬, 화려한 대저택, 이곳에 모인 기이한 초대 손님들, 그리고 이들을 한자리에 초대한 더더욱 기이한 주인. 여기에 유력 인사들의 모임으로 생각했던 사람들 간의 '숨겨진 관계missing link'와 며칠간 배가 끊긴 섬이라는 '닫힌 공간closed circle'까지. 즉, 우리 가운데 범인이 도사린다는 본격 미스터리의 전형적인 무대를 마련한 것이다. 문제는 그 누구도 두 명 이상 죽일 수 없으니 연쇄살인의 배후에 있는 살인자는 적어도 둘 이상일지 모른다.

〈낙원은 탐정의 부재〉는 '특수설정 미스터리'를 표방하지만 실은 본격 미스터리의 본질로 한없이 수렴하는 작품이다. 천사들이 각설탕에 반응하고, 살의와 무관히 벌어진 살인 역시 심판받는다는 또 다른 법칙을 고려한다면 진범의 악마적인 트릭 또한 명탐정에게 논파당하는 결말을 기대해도 좋다. 더욱이 '탐정'이라는 미스터리 장르에서만 의미를 가지는 다분히 가공의 직무에 아오기시의 당면한 고민과 의무를 차곡차곡 더해감으로써 목표한 바는 더욱 분명한 그림을 그린다. 천사의 세계에서조차 여전히 탐정이 필요한 것처럼 미스터리 팬에게도 명탐정이 가지는 고전적 가치는 여전하다는 것. 추리소설의 존재 의미를 역설하는 듯한 태도와 흥미로운 수수께끼로 말미암아 본격 미스터리의 핵심에 밀착한 면면이 더더욱 도전적이고도 신선하게 느껴지는 이유다.

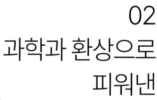

02
과학과 환상으로
피워낸

#SF

#판타지

#무협

기계처럼 생각하고,
인간처럼 행동하다

「머더봇 다이어리: 인공 상태」

마샤 웰스

〈머더봇 다이어리: 인공 상태〉는 〈머더봇 다이어리: 시스템 통제불능〉에 이은 시리즈의 두 번째 작품이다. 전작이 2018년 휴고상, 네뷸러상, 로커스상을 수상한 데

이어 이 작품 또한 2019년 휴고상과 로커스상을 수상했다. 2년 연속 주요 SF문학상을 석권한 데서도 알 수 있듯이 명실상부 지금 SF계가 가장 주목하는 작품이다. 배경은 우주개발에 성공하고 강强인공지능 기반의 안드로이드를 광범위하게 활용하는 미래 세계. 주인공은 자신을 '살인봇'으로 호명하는 보안유닛(경비용 안드로이드)이다. 전편에서 화자인 살인봇은 탐사대원들의 목숨을 구한 보상으로 인간처럼 살아갈 자유를 얻었다. 유기체와 무기체가 뒤섞인 모습 또한 이 시대 증강인간(신체 일부를 개조한 인간)과 엇비슷할 정도니 당연히 인간세계에서 평화롭게 살아가리라 예상했지만, 웬걸. 그는 작품 말미 그런 인간 독자의 소망을 단숨에 저버리고 스스로의 자유의지로 우주선을 타고 떠났다.

프로그래밍된 지배모듈을 해제하고 얻은 살인봇의 자아는 얼핏 인간과 다를 바 없어 보인다. 그리고 그동안 인간과 다를 바 없는, 아니 그 이상의 사고를 하는 인공지능이 원하는 것은 대체로 두 가지였다. 인간이 되고 싶거나, 인간을 증오하거나. 그러나 살인봇은 애초에 인간이 되고 싶지 않다. 인간을 이해할 필요가 있긴 하지만 어디까지나 그건 필요에 의해서다. 딱히 인간을 증오할 이유도 없다. 그간 몇만 시간이나 할애해 보고 또 보는 우주 활극 시리즈를 만든 것이 인간이니까. 그가 원하는 것은 단지 과거 광산 시설에서 근무하던 중 자신이 57명에 달하는 인간을 학살했던 그날의 진실을 확인하고플 뿐이다. 그래서 그는 스스로 우주선에 올랐다. 대학살의 현장으로 가 잃어버린 기억을 되찾고 자신이 누구인지 알기 위해.

우연히도 그가 밀항한 무인 수송선은 지배모듈을 따르는 봇이 아니라 지성을 갖춰 늘 객관적으로 사고하고 맞는 말만 하는 녀석이다. 반박할 수 없는 옳은 소리만 하는 탓에 'ART_{Asshole Research Transport}(재수 없는 연구용 수송선)'라 불리는 수송선은 살인봇의 사정을 듣고 협력하기로 한다. 그의 문제를 해결하는 건 "흥미로운 수평적 사고 훈련"이기 때문이란다. 즉, '심심풀이'로 살인봇을 돕기로 한 ART는 우선 자신의 의료실에서 그의 몸을 인간과 비슷한 형태로 개조해 인간 그룹에 고용된 상태로 자연스럽게 목적지에 진입하도록 한다. 그렇게 결코 인간이 되고 싶지 않았던 살인봇은 아이러니하게도 인간의 외양을 갖추고, 비이성적인 선택인 걸 알면서도 다시금 스스로의 의지로 위기에 빠진 인간을 돕는다.

철저히 살인봇의 일인칭시점을 고수하는 이야기는 기계적으로 생각한다는 것이 무엇인지 따라가는 것만으로도 이미 재미가 차고 넘친다. 살인봇과 ART에게 인간은 여전히 이해할 수 없는 존재다. 계속해서 바보 같은 선택만 하고, 실패할 걸 뻔히 알면서도 위기를 감수한다. 그리고 그 역시 인간인 척하기 위해서라며 그런 행동을 흉내낸다. 진실을 찾는다는 다분히 '인간적인' 욕망으로 똘똘 무장한 안드로이드가 벌이는 모험이 결국 자유와 해방, 그리고 인간다움의 핵심으로 매 순간 슬그머니 자리를 옮기는 것은 그 때문이다. 독특한 미래 세계를 바라보는 것도 무척 즐겁지만, 멍청한 선택을 반복할 수밖에 없는 인간의 '논리'를 탐구하는 재기는 그 이상으로 반짝반짝 빛난다.

인류의 마지막 희망은 '이야기'

「시하와 칸타의 장」

이영도

인류의 멸망 이후를 다루는 '포스트 아포칼립스Post-apocalypse' 장르는 보통 SF의 하위 장르로 구분된다. 그도 그럴 것이 종말의 원인은 대개 환경오염, 핵전쟁, 전염병

창궐, 대재해 등이며, 이 밖에 외계인 침공이나 인공지능의 반란 같은 요인은 그대로 작품 전반을 지배하는 특별한 미래 세계로 이어진다. 반면 판타지 작품에서 굳이 현대 문명이 몰락해야 할 이유를 찾는 것은 괜스레 수고로운 일처럼 보일 법하다.

그런 이유에서 〈시하와 칸타의 장〉은 더더욱 특별한 작품이라 할 만하다. 〈드래곤 라자〉 〈눈물을 마시는 새〉 등의 판타지소설로 대표되는 작가 이영도가 소설의 배경으로 삼은 곳은 멸망한 지구이며, 그것도 모든 등장인물이 한국어로 소통하는 한반도다. 아직 방사능의 여파가 채 가시지 않은 곳에서 소수의 인간만이 가까스로 연명하고 있다는 것만큼은 익숙한 종말 이후의 디스토피아처럼 보일지 모른다. 그러나 여기 머물지 않고 드래곤과 요정을 비롯해 온갖 신화적 존재들이 등장해 판타지에 분명한 방점을 찍는다. 그렇다고 '포스트 아포칼립스 판타지'라는 혼종의 배경을 구축하는 데 그치는 법은 없다. 오히려 이 작품은 동서양 여러 문화권에 존재하는 신화를 한 세계 안에 몰아넣음으로써 인간이 사라진 이후에도 여전히 남아 있는, 인간이 낳은 '환상'을 구체화한다. 바로 '이야기'라는 이름의 환상, 그 판타지의 힘에 대해 이야기하기 위함이다.

멸망 이후, 대지는 버섯조차 기를 수 없을 만큼 망가졌지만, 드래곤 아헨라이즈가 보호하는 동물원에는 여전히 몇몇 인간이 생존하고 있다. 동물을 보호한다는 명목으로 만든 동물원이 이제는 아이러니하게도 인간이라는 멸종 위기종의 최후의 보루가 되고 있는 것이다. 이 작품을 관통하는 주제 역시 인류의 몰락과 재건에 정확히 초점을 맞춘다. 한마디로 이런 황폐한 세계를 만든 장본인인 인간이 살아갈 가치가 있는지, 다시금 지구의 주인으로 올라서는 것이 옳은지를 끊임없이 저울질하는 것이다.

한편 동물원 밖에는 마트를 거점 삼아 점차 세를 늘리는 인간들, 강변을 따라 거주하는 캇파들, 상류 계곡을 지키는 간다르바들이 서로 대치 중이다. 캇파는 일본 전설에 등장하는 물의 요괴이며, 간다르바는 힌두 신화에 등장하는 천인天人이다. 이는 절대로 비유가 아니다. 작중 캇파는 물을 조종하고, 간다르바는 하늘을 날아다니며 인간을 공격한다. 그리고 신화 속 존재들이 한자리에 등장해 세계의 명운을 좌우하는 사이, 쥐덫에 걸린 요정 데르긴은 살기 위해 소녀 시하에게 '사랑의 묘약'을 제조해 주겠다고 제안한다. 하지만 어째 시하의 반응은 시큰둥

하다. 시하는 세계를 이렇게 만든 인간의 완전한 멸망을 바라는 인물이기 때문이다. 그런 시하의 관점에서 보자면 사랑의 묘약이란 그의 바람을 역행하는, '번식'을 위한 도구에 불과하다.

모든 상황은 위트로 점철돼 있고, 온갖 가상의 존재들이 한데 뒤섞인 덕에 서사는 마치 농담처럼 흐른다. 하지만 그 중심에는 인류의 마지막 희망으로 묘사되는 '이야기'가 정확히 자리한다. 드래곤 아헨라이즈가 시하에게 전수한 것은 〈로미오와 줄리엣〉〈오디세이〉 등 동서고금을 초월한 온갖 문학과 노래이며, 마트의 수장인 마트퀸이 인간을 인간답게 만들어 환상의 존재들과 맞서기 위한 힘 역시 꼭 그것으로 묘사된다. 이렇듯 가지각색 공상의 산물을 한꺼번에 등장시켜 세계 신화를 한데 꿰지만, 결국 이 모든 것이 흥밋거리 이상의 의미를 지니는 것은 신화와 전설, 즉 문화야말로 인간의 가장 중요한 유산이자 힘이라는 주장 때문이다. 이야기에 대한 찬미와 인간 찬가를 균형 있고 위트 있게 담아낸 덕에 정말이지 판타지 장르 스스로를 곧추세우는 듯한 작품이다.

너는 이미 죽어 있다?

『레드셔츠』

존 스칼지

서구권에서 '레드셔츠'는 오래된 농담으로 통한다. 본디 〈스타트렉〉 시리즈에서 직책에 따라 다른 색 셔츠를 입은 승무원 중 유독 빨간 셔츠를 입은 말단 대원만 사망

하던 클리셰에서 유래한다. 처음 오리지널 시리즈에서 빨간색 셔츠를 입은 이들은 대부분 전술 요원이나 엔지니어, 즉 엑스트라였다. 그리고 이들은 엔터프라이즈호가 새로운 행성에 도착할 때마다 이곳이 얼마나 위험한지를 보여주는 지표인 양 사망했다. 그 밖에 불의의 사고 또한 온전히 이들의 몫이었고, 반면 노란 셔츠를 입은 지휘관이나 파란 셔츠를 입은 과학자들은 사태를 분석하고 해결책을 제시해 이를 앞장서 수행해야 하기에 죽음은 당연하다는 듯 '면제'됐다. 즉, 레드셔츠란 죽음이 예정된 단역을 가리킨다. 그것도 주인공과 시청자에게 경각심을 불러일으키는 것 외에는 아무런 의미 없이 '개죽음'하는 캐릭터.

SF작가 존 스칼지는 2005년 〈노인의 전쟁〉으로 데뷔해 2013년 〈레드셔츠〉로 휴고상을 처음 품에 안았다. 〈레드셔츠〉는 예고된 죽음을 자각한 레드셔츠들의 좌충우돌을 그린 일종의 메타픽션으로 〈스타트렉〉을 위시한 우주 어드벤처 장르의 클리셰를 유머러스하게 '저격'한다. 우주연맹의 함선 인트레피드호에 배속된 달 소위는 함 내에서 벌어지는 기이한 분위기를 일찌감치 감지한다. 고참들은 신입들을 대놓고 소모품 취급하는가 하면,

오로지 함장과 과학 주임, 항해사 같은 장교들을 피해 몸을 숨기는 데만 골몰한다. 장교를 만나면 전문 분야와 무관히 임무에 차출되고 곧 그의 사망 소식이 들려오는 걸 너무나도 많이 접한 탓이다.

그렇다고 유명한 클리셰를 빌려 단지 이를 조롱하는 데 그치는가 하면, 그건 또 아니다. 그만큼 달 소위 일행이 상황을 인지하고 적극적으로 생존을 모색하는 과정은 무엇보다 정교한 위트를 앞세운다. 미지의 박테리아를 박멸할 약품을 만들어내는 것은 영문을 알 수 없어 그저 '박스'라고 부를 수밖에 없는 존재. 무작정 여기 넣고 땡 소리가 나길 기다리면 어처구니없게도 박스는 정확한 결과물을 내놓는데 그 원리는 누구도 이해할 수 없다. 케렌스키 대위는 늘 고난을 도맡는 주역 캐릭터인 덕분에 죽을 염려는 없지만 벌써 사경만 수차례 넘겼다. 교전 중 손상을 입는 건 언제나 6번에서 12번 사이 갑판이다. 함교에서 적당히 떨어진 곳에서 일어난 폭발만큼 드라마틱한 위기가 또 어디 있겠는가. 이윽고 장교의 눈에 띄지 않기 위해 아예 함선에 숨어 살던 이는 '각본'을 조심하라며 달 소위에게 경고하기까지 한다.

그리고 이 모든 것이 누군가가 만들어낸 TV드라마의

세계, 즉 허구라는 사실마저 확증되면서 이들은 블랙홀을 넘어 2013년 〈스타트렉〉이 존재하는 우리의 현실로 진입해 자신의 운명을 바꾸고자 한다(그냥 시간 여행을 하면 죽을 게 뻔하기 때문에 케렌스키 대위를 데려가는 것을 잊지 않는다). 그리고 드라마의 제작자와 각본가, 심지어 자신을 연기하는 배우와도 만나 서로 픽션의 존재를 인정하고 현실의 벽을 허물며 마침내 자구책을 마련한다.

특히나 레드셔츠들의 모험이 마무리된 후 덧붙는 세 편의 에필로그는 가히 이 작품의 백미라 할 만하다. 가공의 세계를 창조했으나 오히려 그의 절대적 영향하에 놓인, 현실 세계 세 명의 이야기는 뫼비우스의 띠를 그리듯 각자 서로의 자유의지를 주고받으며 마침내 허구의 경계마저 초월한다. 그야말로 재치와 기지로 무장한 픽션의 재미를 안팎으로 응원하는 작품답다.

시간을 달리는 초인 그리고 연인

「당신들은 이렇게 시간 전쟁에서 패배한다」

아말 엘모흐타르, 맥스 글래드스턴

© 황금가지

대부분의 시간 여행 이야기는 '당위'에 초점이 맞춰 있기 마련이다. 애초에 '여행'이라기보다는, 반드시 바로 잡아야 할 임무를 띠고 크고 작은 역사에 개입하는 구조가 가장 전형적이다. 그런 면에서 〈당신들은 이렇게 시간 전쟁에서 패배한다〉는 더욱 오묘하다. '에이전시'와 '가든' 두 세력은 인류사 모든 시간선의 패권을 차지하기 위해 오랫동안 '시간 전쟁'을 벌이는 중이다. 이는 여러 갈래의 시간 가닥을 따라가고 매듭짓고 새로운 실타래를 내어간다는 다분히 은유에 가까운 방식을 통해 양측의 요원들이 각 시간대 역사에 교묘히 관여하는 것으로 묘사된다.

그래서 에이전시의 요원 '레드'와 가든의 요원 '블루'가 교차하는 곳은 몽골의 기마 군대이기도 하며, 증기기관이 주요한 에너지원으로 등극한 스팀펑크 세계의 런던이기도 하다. 때로는 시체를 부활시키는 데 성공한 나치의 전쟁터나, 온갖 시간대에서 결국 다양한 방식으로 멸망하는 아틀란티스를 무대 삼기도 한다. 그러나 인류가 존재하지 않던 과거부터 까마득히 먼 미래에 이르기까지, 더욱이 실제 역사와는 무관한 평행 우주마저 포괄하며 두 세력이 벌이는 전쟁의 목적은 모호한 승패의 결과만큼이나 불분명하다. 자연히 시간 여행 또한 너무나 무용해 보인다. 시간 전쟁이라 명명한 영원한 대치 그 자체가 목적인 양 자리한 탓에 이제야 비로소 진짜 시간 '여행'이 시작된 듯 느껴지는 이유다.

이 작품의 방점 또한 처음부터 두 세력의 대결이 아닌, 레드와 블루의 교감에 정확히 찍혀 있다. 각 세력을 대표해 임무를 수행하는 레드와 블루는 일찌감치 서로의 존재를 감지한 채 라이벌을 농락하고 염탐하고자 상대에게 편지를 건넨다. 그러나 도발이 목적이던 편지는 가지각색 포화 속에서 차츰 서로를 향한 연애 감정으로 발전한다. 그들의 편지 또한 속내를 토로하고 상대를 향한 애틋한 그리움을 표현하면서 곧 온갖 미사여구를 동반한, 시적이고도 지적인 연애편지가 되는 것이다.

신체를 의지대로 변형하고 가공하며 시간 가닥을 자유로이 오가는 등 이미 인간을 초월한 두 존재가 오로지 '편지'라는 형식을 통해 서로의 존재를 갈구한다는 점은, SF의 단골 배경과 소재를 잔뜩 소환하는 사이 상충하기보다는 오히려 절묘하게 어우러진다. 예컨대 편지 역시 각 기관의 수뇌부가 둘의 은밀한 교류를 눈치챌 수 없도록 문자라는 형식에 얽매이지 않는다. 찻잔을 티스푼으로 저으니 찻잎이 풀리며 글자를 띄우고 차를 한 모금 마실 때마다 문단이 바뀐다. 오랜 시간 층층이 쌓아갈 나무의 나이테를 매개로 한 편지는 또 어떠한가. 때로는 열매의 맛이나 벌레의 움직임이 편지를 대신하기도 하니 지극히 SF다우면서도 무척이나 로맨틱하다. 감히 영상으로는 표현할 수 없을 문학 장르의 참맛과 언어의 묘미, SF 특유의 상상력이 이 작품의 극진한 재미를 고스란히 대변한다.

작중 레드와 블루처럼 실제로도 아말 엘모흐타르, 맥스 글래드스턴, 두 작가가 편지로 이루어진 원고를 주고받으며 완성한 이 중편작은 2020년 휴고상, 네뷸러상, 로커스상 등 주요 SF문학상을 모두 석권한 화제작이다. 편지라는 것이 결국 시간을 넘어 상대에게 전달되는 일종의 시간 여행을 전제한 글쓰기인 만큼 과연 유례없는 '서간형 셰익스피어풍 스페이스오페라'라 할 만하다. 한국어판에서도 서구식 관용구나 인용문, 어원, 패러디를 그대로 주석으로 전달해 말의 성찬으로 이루어진 두 요원의 교감을 충분히 살갑게 느낄 수 있다.

욕망을 거세한 디스토피아

「소멸세계」
무라타 사야카

흔히 미래 세계라고 하면 도약과 진화에 성공한 세상만을 생각하기 십상이다. 하지만 가정假定의 문학인 SF는 수만 가지 디스토피아를 제시하며 우리의 현재를 경고하

고 인간을 의심하며 인간성을 제고했다. 〈소멸세계〉가 가정한 세계 역시 그렇다. 제2차 세계대전으로 말미암아 아이의 수가 극단적으로 줄어든 위기를 계기로 인류의 인공수정 연구는 비약적으로 발전한다. 그리고 전후에는 자연수정보다 압도적인 성공률과 안전성까지 확보하면서 마침내 "교미로 번식하는 인종은 거의 없"어진 '진화한' 평행 세계가 탄생한다.

번식과 무관해진 섹스는 이 세계에서 '교미'라는 비하적인 언어가 의미하는 그대로 완전히 불필요한 것으로 간주된다. 사람들은 아무도 섹스를 하지 않을뿐더러 이를 의식조차 않는다. 그것은 과거 인간들에게만 통용됐던 불필요하고 거추장스러운 번식법일 뿐이니까. 그럼에도 인간은 과거 교미했던 흔적이 남아 있는 탓에 자연스레 '연애 상태'에 이르곤 한다. 연애 상태에 돌입한 인간은 만화나 애니메이션의 캐릭터를 사랑하기도 하고, 같은 인간을 사랑하기도 한다. 어차피 감정의 배출구라는 점에서 둘은 거의 동격으로 치부된다. 주인공 아마네 역시 첫사랑 상대는 애니메이션 캐릭터였다. 하지만 자신이 부모의 '교미'를 통해 태어났다는 사실을 알게 된 후 이에 반발하면서 정상과 비정상에 대해 내내 갈등하고 고민한다.

　제155회 아쿠타가와상 수상작인 〈편의점 인간〉으로 국내에도 널리 알려진 작가 무라타 사야카는 사실 SF 전문 작가는 아니다. 오히려 성과 욕망을 치열하게 탐구하고 이를 해체하는 독특한 상상력과 그에 따른 섬세한 심상 묘사로 대표되는 작가다. 〈편의점 인간〉은 사이코패스라는 선천성을 억누르며 편의점 근무를 통해 사회화된 주인공이 자신과는 무관한 '연애'라는 감정을 강요당하는 과정이 이야기를 위기로 이끌었다. 단편집 〈살인출산〉에 실린 '트리플'은 커플이 아니라 세 명이 연애하는 트리플이 유행하기 시작한 세계를 그로테스크하게 그려낸다. 〈소멸세계〉에서는 결혼과 출산에까지 균열을 냄으로써 그 시도는 더욱 근원을 향해 나아간다. 처음부터 그의 목표는 일상적이고도 본능적인 연애의 개념을 파헤치거나 파기하는 데 있었던 것이다.

　'남다른 방법'으로 태어난 아마네는 가상 캐릭터를 상대로 한 자위행위와 동급생과의 진짜 섹스를 통해 계속해서 자신의 욕망을 탐구한다. 그리고 이 세계에서 모두가 놓아버린 것을 추적하는 유일한 인간으로서 끝내 감정의 가장 기저, '정상적인' 인간의 원천에까지 다다른다.

그러니 남매나 다름없는 관계인 남편과의 '동거' 생활, 남편에게 응원받으며 끊임없이 다른 이와의 연애를 갈구하는 이곳의 괴이한 인간관계는 세계를 향한 풍자나 냉소 그 이상이다.

아예 가족이라는 개념을 완전히 무너뜨리는 후반부 '실험도시'의 실상 역시 마찬가지다. 이곳에선 매년 한날한시에 수정하고 출산한 '아가'들이 누구의 소유도 아닌 공동체의 일부가 되어 성장한다. 어른들은 모두가 동등하게 '엄마'가 되었으니 고전적인 가족의 울타리는 완전히 사라진 셈이다. 그렇다고 이들이 명명한 것처럼 이곳을 '에덴'이라고, 선악과를 먹기 이전 인간의 근원적인 모습이라 단언할 수 있을까? 아마네가 놀이터에서 맞닥뜨린 것은 마치 도시 전체가 합심하여 아이라는 애완동물을 키우는 끔찍한 풍경에 불과한데도?

〈소멸세계〉가 하나둘 소멸시키며 훑고 지나간 곳에는 이러한 의문들이 싹트고, 인간의 가장 본질적인 욕망에 대한 역설逆說이 그 답을 대신한다. SF의 가정법을 빌려 인간 사회의 법칙을 하나둘 해체하며 맞닥뜨린 일상적인 물음 역시 끊임없이 증식한다. 너무나도 에로틱하고 그로테스크한 SF다.

시대를 넘어선 퀴어SF의 새 모습

「막」
지다웨이

본문의 책무 중 하나가 사회에 도전하고 저항하는 것임을 SF를 통해 절감할 때가 있다. 대만 퀴어SF를 대표하는 작가 지다웨이의 〈막〉은 1995년 제17회 롄허보문학

문학의 책무 중 하나가 사회에 도전하고 저항하는 것임을 SF를 통해 절감할 때가 있다. 대만 퀴어SF를 대표하는 작가 지다웨이의 〈막〉은 1995년 제17회 롄허보문학

상 중편소설 부문 대상을 수상한 작품으로, 작가는 서문을 빌려 이 작품이 '성 정치 텍스트'임을 여러 차례 강조한다. 에두를 것 없이 작가로서의 사명감마저 느껴지는데, 이는 "퀴어로 하여금 계속해서 해로운 황홀함에 취해 있을 수 있도록 힘을 실어준 과감한 결단"에 감사한다는 수상 소감을 통해 그 무거운 도전의 의미를 재차 확인할 수 있다.

작가의 말 그대로 이 작품이 여성 간의 사랑을 다루는 것은 사실이다. 재미있는 것은, 이러한 설정이 더 이상 파격으로 느껴지진 않는다는 점이다. 20년이 훌쩍 넘는 간극이 성적 지향에 국한되지 않는 미래 사회를 그저 당연한 것처럼 보이게 했을 수도 있다. 그사이 이를 더욱 도발적으로 다룬 수많은 작품들이 있었고, 수많은 사람들의 도전과 저항 또한 편견과 차별의 시선을 일정 부분 걷어냈을 것이다. 물론 여전히 가야 할 길은 요원하지만 SF의 유구한 대주제를 색다른 감각으로 엮어낸, 〈막〉의 다른 장점에 더 눈길이 가는 것은 분명 그동안의 성과로 여길 만하다.

오존층이 파괴되면서 육지는 태양광에 무방비로 노출된다. 피부암이 급증해 목숨을 위협받기에 이르자 급기야 인류는 햇빛이 직접 미치지 않는 해저를 새로운 터전으로 삼는다. 주인공인 서른 살 모모는 이 시대 가장 중요한 직업 중 하나인 피부관리사로서 일찌감치 해저 도시에서 일가를 이뤘다. 그럼에도 유일한 혈육인 엄마와도 소원할 뿐 아니라 다른 사람들과도 부러 거리를 둔 채 마치 스스로를 유폐하듯 살아간다. 그러던 중 20년 만에 자신을 찾아오겠다는 엄마의 연락을 받고 그는 적잖이 동요한다.

〈막〉이 그리는 해저 도시는 얇은 막으로 둘러싸인 곳으로, 육지에서의 모순이 더욱 극대화된 공간이다. 인류는 해저 공간을 차지하기 위해 다시금 경쟁하는데, 여전히 국가 간 힘의 논리가 절대적인 데다 여기엔 초국가 규모의 대기업마저 가세한 형국이다. 그렇다고 직접적으로 전쟁을 벌이는 것은 곤란한지라 MM이라 불리는 로봇이 대신 전투를 전담한다. 이때 반드시 해저 도시와 동떨어진 황폐화된 육지를 전쟁터로 삼는다. 흑인들의 피부암 발병률이 현저히 낮은 탓에 오히려 백인이 흑인을 선망하는 것처럼, 거의 모든 가치가 전복되고 뒤섞인 기이한 디스토피아를 이렇듯 시종 분방하게 묘사한다.

그럼에도 극의 중심은 온전히 모모가 지닌 미스터리

에 있다. 어릴 적 모모의 유일한 단짝이던 앤디는 모모의 대규모 수술과 함께 모습을 감췄다. 이때 어쩐 일인지 모모의 남성기 또한 사라졌다. 작품 중반부 앤디가 안드로이드임이 드러나면서 단지 신체를 대체하기 위한 도구였다는 사실로 큰 충격을 안긴 후에도 이야기는 한 차례 더 모모가 지각하는 자아와 세계를 도치시키는 더 큰 반전까지 나아간다. 이를테면 영화 〈매트릭스〉(1999)의 네오는 빨간 약과 파란 약 중 빨간 약을 선택했지만 과연 그것이 정답이었을까 반문하는 식이다. 때때로 미래 세계에 대한 묘사가 부수적으로 느껴지면서도 집요하게 시선을 빼앗는 그대로 그렇게 교묘히 '진실 편'을 완성한다. 특히 사람들의 '피부막'과 도시를 지탱하는 막을 지칭하는 듯한 작품의 제목이 내내 모모의 고독으로 형상화되며 만들어내는 고민과 질문은 그래서 더 오묘한 힘을 갖는다. 세계를 인지하는 우리의 감각을 의심케 하는 영리한 구조는 긴 시간 동안 전혀 낡지 않았다.

소수자의 편에 선 휴먼SF

「어둠의 속도」
엘리자베스 문

비정상非正常의 뜻을 표준국어대사전에서 찾아보면
다음과 같다. "정상이 아님." 별수 없이 정상正常을 찾아
보니 "특별한 변동이나 탈이 없이 제대로인 상태"란다.

그러니 비정상이란 '특별한 변동이 있거나 탈이 난 상태'를 의미할 것이다. 얼핏 당연한 정의처럼 보인다. 하지만 이는 어디까지나 언어로 재단한 개념에 불과하다. 가령 자폐인은 '비정상'일까? 자폐가 일종의 장애이며 장애를 비정상이라고 생각하는 사람에게는 아마도 그럴 것이다.

〈어둠의 속도〉의 주인공 루 애런데일은 자폐인이다. 그러나 외적으로는 여느 사회인과 크게 다르지 않다. 루는 자폐인 특유의 패턴 분석 능력을 바탕으로 대기업에서 특별한 업무를 수행 중이다. 처음 출전한 펜싱 대회에서 남다른 성과를 올리기도 한다. 남몰래 사모하는 여자도 있다. 반면 정해진 날짜마다 정신과의에게 상담을 받아야만 한다. 혹시라도 의사가 펜싱을 폭력적이라고 여기지 않을까 염려해 취미를 숨기고, 펜싱 클럽 회원들이나 자폐인으로 구성된 'A분과' 회사 동료들을 제외하고는 평소 누구와도 교류하지 않는다.

자폐인 루는 다른 '정상인'이라면 너무나도 일상적으로 말하고 행동하는 것들을 뜸 들여 분석하고 추측해 이해한 다음 비로소 응대한다. 예컨대 루 자신은 너무 강한 인공 향을 싫어하지만, 나쁜 냄새가 나면 사람들은 화를 내거나 겁을 먹는데 이 비누 향은 다른 사람들이 받아들

일 만하다는 사실을 알기에 사용한다. 이렇듯 루의 일인칭시점을 통해 자폐인의 생경한 감정과 사고방식이 작품 내내 무척 섬세하게 그려진다. 그리고 이로 인해 부각되는 것은 비자폐인과 자폐인의 차이가 아니라 특별한 관점과 치열한 고민으로 가득 채운 루의 매력적인 사고방식이다. 지극히 '정상적인' 그의 생존 방식 말이다.

〈어둠의 속도〉가 다루는 시대상은 현재와 다를 바 없지만, 자폐만큼은 태아나 영유아기 때 치료가 가능해 자폐인은 루의 세대밖에는 남지 않은 근미래를 상정한다. 이윽고 성인 자폐인에 대한 치료 실험 소식이 전해지면서 회사는 A분과 소속 자폐인들에게 해당 수술을 받도록 압박한다. 루를 비롯한 동료들은 이 수술을 두고 갈등하고 고민한다. 이 중 누군가는 "정상인처럼 보이기 위해 그렇게 힘들지 않고 싶어, 그저 정상인이고 싶어"라고 말한다. 반면 "세탁기나 '정상' 작동하지"라고 비아냥거리는 이도 있다. 루는 이 중심에 서서 수술이 가져다줄 정상이란 과연 무엇인지를 저울질한다. 정상인이 되는 것은 어떤 의미인지, 그 이후에도 나는 여전히 나로 남을 수 있는지를.

루의 고민은 펜싱 클럽 친구인 돈이 루를 시기한 나머

지 그의 차를 망가뜨리고 마침내는 루를 해치기 위해 폭탄 테러를 모의한 일련의 과정을 통해 더욱 당면한 과제로 다가온다. 주변인들 모두 돈이 범인임을 짐작할 수 있을 만큼 상황과 동기 모두 돈을 가리키고 있음에도 루만은 그가 범인이라는 결론에 이르기까지 아주 오랜 시간이 걸린다. 돈은 자신의 친구이며, 친구란 자신을 해치는 사람이 아니기 때문이다.

루는 책의 제목이기도 한 어둠의 속도에 대해서도 여러 번 이야기하며 정상과 비정상의 투명한 경계를 은유한다. 다른 사람들에게 어둠이란 그저 빛의 부재에 붙인 명칭일 뿐이다. 그러나 루는 말한다. 어둠은 빛이 아직 도착하지 않은 곳으로, 어쩌면 어둠은 빛보다 더 빠를 수도 있다고. 어둠은 빛보다 항상 먼저 와 있으니까.

〈어둠의 속도〉는 양대 SF문학상 중 하나인 네뷸러상 수상작이다. 작가 엘리자베스 문은 몇 가지 SF 요소만을 덧대어 인간이라는 우주와 정상과 비정상을 경계 짓는 오만함에 예리하게 메스를 들이댄다. 무엇보다 소수자에 대한 탁월한 통찰과 그에 따른 메시지는 앞으로도 전혀 색이 바래지 않을 것이다.

자본주의라는 디스토피아

「웨어하우스」

롭 하트

SF스릴러 〈웨어하우스〉가 그리는 가까운 미래는 택배 없이 살 수 없게 된 우리의 현실과 매우 흡사하다. 〈웨어하우스〉의 택배만능주의 세상은 블랙프라이데이에 벌

어진 대참사와 지구온난화로 말미암아 대다수가 실내 생활에 강제 적응한 것을 원인으로 제시한다. 그리고 여기 드론 택배가 가세해 극단적인 물류 시스템을 완성한다. 즉 거의 모든 물류가 드론 택배를 통해 이뤄지고, 일찌감치 드론 시스템을 구축한 클라우드사는 단숨에 초거대기업으로 성장해 이를 거의 독점한다. 마치 세계는 클라우드의 드론 택배로 인해 구원받은 양 언급될 정도니 뭇사람들의 일상은 굳이 설명하지 않아도 충분히 짐작할 만하다. 실제로도 작품의 초점은 온전히 클라우드 내부에 맞춰져 모든 이들이 동경하는 기업의 불편한 진실을 향한다.

미래 기업 클라우드가 사람들의 꿈의 직장으로 떠오른 이유는 거점 시설인 '마더클라우드' 내부에 업무 공간은 물론 생활환경을 완비한 직원 복지 때문이다. 그 안에 개인 숙소가 제공되며, 식당과 술집, 오락 시설 등이 모두 갖춰져 있다. 사실 별다를 것 없는 근로 복지에 불과하긴 하나 이들에게는 안전한 외부 공간이 그 무엇보다 중요하다. 출퇴근은 오롯이 시설 내에서 이뤄지며 여기에 완벽한 치안까지 제공하니 마더클라우드는 직장이기보다는 모두가 '살고 싶은 곳'인 셈이다.

그러나 막 클라우드에 입성한 팩스턴과 지니아, 두 신입 사원의 시점을 번갈아가며 묘사하는 클라우드의 실상은 오히려 강한 기시감을 자아낸다. 기술 파트로 배치되길 원했던 지니아는 실은 내부 기밀을 빼내기 위해 위장 취업한 산업 스파이로, 피커picker 직무에 배정된 후에는 오로지 손목에 찬 클라우드밴드가 지정하는 대로 하루 종일 발이 통통 붓도록 온갖 상품을 찾아 나른다. 게다가 연장 근무 따위 하고 싶지 않아도 그 즉시 별 개수로 환산되는 고과 때문에 이를 피할 길이 없다. 과거 교도관으로 근무했던 팩스턴에게는 보안 업무가 배정된다. 비교적 출입이 자유로운 팩스턴을 이용해 지니아가 차츰 시설 내부로 접근함에 따라 퇴근 후의 이야기는 비밀에 다가서는 완연한 스릴러의 형색을 띤다.

얼핏 미래판 〈모던 타임스〉 같은 투의 묘사는 또 다른 화자인 깁슨을 통해 그 정체를 분명히 한다. 클라우드의 창업주 깁슨이 늘어놓는 이야기는 에두르지 않고 우리 시대 대기업의 면모와 정확히 맞닿는다. 소비자에게 상품을 싸게 공급한답시고 작은 회사를 가격으로 압박해 흡수 합병하고, 회장 자리를 대놓고 딸에게 승계하거나, 누군가의 희생을 추모하는 듯 자신의 치적으로 포장하는 대목은 더욱 그렇다. 물건은 드론이 날라도 일자리를 늘리기 위해 창고에서 상품 가져오는 고된 일은 사람에게 시키는 행태도 마찬가지다. 게다가 완벽한 양극화를 형상화한 이 구조는 노동자들 사이의 또 다른 권력관계를 통해 재차 크고 작은 폭력으로 확산해간다.

점차 클라우드라는 시스템의 결함으로 합일되는 메시지는 곧 한 인물의 입을 빌려 "일회용품 포장하는 일회용품"이란 말로 이 디스토피아의 현실을 정확히 은유한다. 어슐러 K. 르 귄의 단편 '오멜라스를 떠나는 사람들'을 직접 인용하는 등 소수의 희생을 전제한 시스템을 겨냥하면서 SF가 상정하고 경고하는 정체를 다시 한번 역설하는 것이다. SF의 배경은 대개 미래라지만 그 미래란 시시각각 따라잡혀 결국 현재로 무한히 수렴되는 바로 그 미래라는 것. 다소 노골적이지만 오늘날 자본주의의 비정한 초상만큼은 꽤 흥미롭게 풍자한다.

조그만 가시 같은 판타지

「땡스 갓, 잇츠 프라이데이」

심너울

유독 한국은 장르에 엄밀한 잣대를 들이미는 사람들이 많다. 전 세계 거의 유일무이한 〈스타워즈〉 불모지로서 '〈스타워즈〉가 SF이긴 하냐'는 해묵은 논쟁이 대표적

107

이다. SF로서 가져야 할 조건이나 소양을 따지고 들면서 광선검이 가당키냐 하냐는 둥, 왜 우주에서 폭발음이 들리냐는 둥 과학적이지 않다며 애써 비판하는 것이다. 이에 창조자인 조지 루커스 감독은 아주 당연한 말로 현명하게 응한 바 있다. "내 우주에서는 그렇다"고. 이미 서구권에서는 SF나 판타지, 호러 장르의 요소들이 자연스럽게 뒤섞인 장르소설을 가리켜 사변소설SF, Speculative Fiction로 통칭하고 있기도 하다. 결국 오늘날 장르란 경계이기보다는 특성이니, 장르의 구체성보다는 장르 요소들의 결합이 가리키는 지점에 집중해야 옳다. 이 역시 당연한 말이겠지만.

심너울 작가의 〈땡스 갓, 잇츠 프라이데이〉는 몇 가지 판타지 요소들이 우리의 현실 세계에 관여한 상황을 묘사한 다섯 편의 단편소설을 수록한 작품집이다. 우선 흥미를 끄는 건 분방한 상상력이지만 "현실의 경계 끝자락에 걸쳐 있는 세계에서 분투하는 인간의 마음을 묘사하는 것을 즐긴다"는 작가의 자기소개처럼 현실과 유리되지 않은 채 인간을 향하는 부분이 각 단편의 핵심을 이룬다. 무엇보다 사변소설의 뜻 그대로 다양한 장르 요소들을 한데 꿰어 독특한 단편의 매력을 한껏 드러낸다.

첫 작품 '정적'은 일순간 마포구와 서대문구에서 소리가 사라진 이상 현상에서 시작한다. 행정상 경계를 구획삼아 갑자기 소리가 들리지 않자 여기 속한 학교는 휴교에 들어가고 방송사는 후시녹음을 활용하는 등 일대 소동이 인다. 그러나 작품이 주목하는 건 소요나 사태의 원인이 아니라 소리가 사라지자 비로소 보이기 시작한 청각장애인의 존재다. 주인공은 딱히 정적을 피할 생각을 하지 않다 결국 수어를 배우기로 한다. 그러고는 이상 현상이 아니었으면 결코 알지 못했을 농인들의 세계로 적극 진입해 공감하고 마침내 공존하게 된다. 이윽고 정적이 종식되는 결말에 이르러 작지만 의미 있는 파문으로 기분 좋은 여운까지 남긴다.

이어지는 '경의중앙선에서 마주치다'는 배차 간격도 길고 연착마저 잦은 백마역을, 열차를 기다리는 승객들이 영혼 없이 배회하는 이공간으로 묘사한다. 좀비처럼 변한 사람들과 시간이 멈춘 세계를 적극 이용하는 만화가와의 뜻밖의 만남 등 현실을 풍자하는 방식이 무척 재기 넘친다. 표제작인 '땡스 갓, 잇츠 프라이데이'는 금요일 밤에 잠들어 다음 주 금요일 아침에 깨어나는 공무원을 통해 무미하게 반복되는 직장인의 애환을 의식의 증발이라는 SF 요소를 통해 일상의 공포로써 그려낸다. '신화의 해방자'와 '최고의 가축'은 현대 문명과 용이 공존하는 세계를 공유하며 오래전 인류를 지배하던 신화적 존재마저 과학으로 해석하고 이용하는 인류를 풍자한다. 인간보다 고등한 용이 인터넷이라는 무한한 정보의 바다에서 허우적대며 왜 이토록 인류는 귀여운 동물과 포르노에 집착하는지 고민하는 익숙한 장면은 당연히 인간을 저격하기 위한 것이다.

〈땡스 갓, 잇츠 프라이데이〉는 날카로운 비수라기보다는 조그마한 가시 같은 짧고 경쾌한 작품으로 채워져 있다. 가시라니 금방 읽고 뽑아내면 그만일 것 같지만 어쩐지 까끌거리는 느낌 때문에 한 번 더 더듬어보게 된다. 무엇보다 꽤나 신경 쓰이는 작품 일색이다.

개와 고양이가 무림에 입성한다면

「애견무사와 고양이 눈」

좌백, 진산

하세 세이슈에게 2020년 제163회 나오키상을 안긴
〈소년과 개〉는 주인 잃은 개의 여정에 다채로운 인간 군
상의 드라마를 엮어낸 소설이다. 그간 국내에서는 도쿄

가부키초의 중국계 갱들 간의 쟁투를 다룬 〈불야성〉 시리즈로 알려진 작가인 만큼 다소 의외의 작품으로 다가올 법도 하다. 더욱이 시종 담담하게 떠돌이 개 다몬의 곁을 스쳐 지나가는 사람들을 조망하는 시선에는 굽이치는 각각의 인생 역정만이 아니라 작은 감동마저 담겨 있어 한층 새롭게 느껴진다. 물론 개의 무조건적인 사랑을 독자도 느끼길 바란다는 작가의 말까지 들여다본다면 그 의도와 의미는 더욱 선명해진다. 그만큼 〈소년과 개〉는 개를 의인화하지 않은 채 대지진의 여파 속에 살아가는 여러 인물들의 생을 한순간이나마 위무하는 존재로서 반려동물의 정체를 분명히 한다.

〈소년과 개〉가 반려동물에 담긴 함의 그대로 독자의 몸 쪽에 꽉 찬 직구를 꽂아 넣는 작품이라면, 〈애견무사와 고양이 눈〉은 독자의 노림수를 완벽히 비껴가는 변화구로 더욱 눈길을 끈다. 한국의 대표적인 무협 작가이자 부부 소설가인 좌백과 진산이 각각 개와 고양이를 소재로 집필한 여섯 편의 단편소설은 '반려동물무협'이라는 농담 같은 아이디어를 정말로 하나둘 구체화한다. 실제로 집필 계기를 위트 있게 압축한 두 작가의 대화를 매 작품 서두에 배치해 소설의 단초라는 게 실은 별게 아니었다는 식의 변명을 늘어놓기도 한다. 물론 이를 무협 세계에 그럴 듯하게 녹여내고 단편이라는 형식에 더없이 걸맞은 방식으로 구현함으로써 이 변명은 곧 훌륭한 너스레가 된다.

표제작 중 하나인 '애견무사'는 "동물무협이라 하면 동물이 주연이거나 말을 하는 내용이어야지"라는 진산의 다그침에 "그럼 그렇게 한번 써볼까?" 하고 좌백이 화답한 작품이다. 막 강호에 나온 철부지 무인 나현이 도사와 만나 요마, 귀신, 강시를 쫓는 전기傳奇 무협으로, 호기롭게 집을 나선 젊은 기개와는 별개로 아버지가 반려견과 동반하기를 명령하면서 어쩐지 '동물무협'의 최소 조건만을 겨우 충족한 듯 보인다. 하지만 이내 겁쟁이 나현과 본디 견신이던 반려견의 실체가 드러나면서 거의 매 순간 웃음으로 눙치는 독특한 축귀 이야기가 완성된다. 또다른 표제작인 '고양이 눈'은 고양이 특유의 도도한 시선과 이를 마냥 어여삐 바라보는 인간의 동거가 핵심이다. 견신에게 쫓겨 고양이 몸에 현현한 고양이 요괴는 산골에 은거하는 무사와 그 가족의 삶을 내내 오만하고 퉁명스럽게 관찰하다 결국 무심한 척 마음을 내어준다. 고양이다워 사랑스럽고 고양이답기에 더더욱 생소한 무협담이다.

장르소설 중에서도 유독 무협소설은 타깃 독자가 기존 무협 팬에 한정된 것처럼 여겨지기 십상이다. 실제로 무협 용어나 배경을 알아야 한다는 점이 어느 정도 장벽이 된 것도 사실이고. 반면 〈애견무사와 고양이 눈〉은 생소한 개념에 세세한 해설을 더하고 동시에 이를 재미있는 서사로 수렴하면서 손쉽게 장벽을 허문다. 더불어 무협소설의 클리셰를 대놓고 언급하면서 기존 무협 팬들에게 소소한 재미를 건네는 것을 잊지 않는다. 여기에 개와 고양이의 친숙한 이미지를 그대로 강호 무림에 적용함으로써 생경한 조합 이상의 특별한 작품을 줄줄이 건져 올린다. 사람들의 관심을 끌 만한 번뜩이는 아이디어는 조금 거들 뿐, 무협의 다채로운 면면과 단편의 재미까지 고루 아우른, 그야말로 숙련된 작가의 각별한 기획품이다.

03
범죄 엔터테인먼트
삼라만상

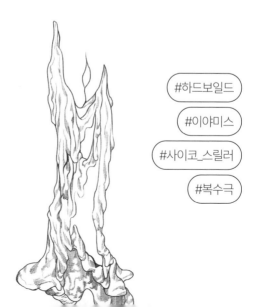

#하드보일드

#이야미스

#사이코_스릴러

#복수극

3단 교차, 하드보일드 스트리트

「지푸라기라도 잡고 싶은 짐승들」

소네 케이스케

〈지푸라기라도 잡고 싶은 짐승들〉은 '짐승들'이라는 복수형 제목 그대로 세 명의 인물이 중심을 이룬다. 아카마쓰 간지는 사우나에서 파트타임으로 일하는 중년 가장

이다. 그는 치매에 걸린 노모를 모시고 아내와 어렵게 생활하던 중 심야에 사우나를 찾은 한 손님이 현금이 가득 든 보스턴백을 두고 사라지자 이를 두고 갈등한다. 에바토 료스케는 지역 생활안전과 소속 형사로 야쿠자에게 큰 빚을 져 날마다 갖은 협박에 시달리고 있다. 상황이 이렇게까지 악화된 건 연인 최영희가 돈을 들고 사라졌기 때문이다. 마침내 료스케는 살아남기 위해 도주 중인 옛 친구의 돈 1억 엔을 강탈하기로 결심한다. 가정주부 쇼다 미나는 남편 몰래 거액의 빚을 진 탓에 일상적으로 벌어지는 남편의 폭력을 묵묵히 감내하는 중이다. 생활비조차 받지 못해 과자공장 아르바이트로 연명하다 현재는 자포자기의 심정으로 매춘에까지 손댄 상황. 미나는 성매매를 통해 만난 청년 무토 신야가 자신의 남편을 대신 죽여주겠다고 하자 결국 남편의 무지막지한 학대를 견디다 못해 이를 수락한다. 남편의 사망보험금으로 예정된 1억 엔은 순전히 덤이었을 뿐이다.

당연하게도 이들 세 명의 계획은 모두 예정대로 풀리지 않는다. 갑작스레 아내가 입원한 탓에 치매를 앓는 어머니를 돌볼 이를 구하지 않는 한 간지는 직장에 나갈 수 없다. 이게 빌미가 되어 간지는 하루아침에 해고되고, 점점 생활에 쪼들리자 결국 사우나에 처박아둔 현금 가방을 가져오기로 결심한다. 하지만 일부러 고르고 고른 심야 시간대에 찾아갔건만 가장 마주치고 싶지 않은 지배인과 맞닥뜨려 도망치다시피 가방을 들고 나와야만 했다. 료스케 역시 마지막 희망으로 점찍어둔 친구가 나타나지 않아 점차 궁지에 몰린다. 야쿠자들이 점점 목을 죄어오는 가운데 도쿄에서 파견된 형사와 짝을 이뤄 그 친구를 쫓는 아이러니한 위치에 놓이고, 도망친 연인 최영희의 것으로 보이는 토막 시신까지 발견되면서 료스케는 살인 용의선상에 오를 것을 염려해야 하는 지경에 이른다. 미나의 경우는 더욱 기이하다. 남편을 죽였다는 신야의 전화를 받고 얼떨떨한 것도 잠시, 미나의 남편은 곧 멀쩡한 모습으로 귀가한다. 과연 신야가 죽인 이는 누구란 말인가?

지푸라기라도 잡고 싶은 이들 세 명의 이야기는 하나씩 차례로 교차하면서 결말에 이르기 직전까지도 모두가 독립적인 사건임을 가장한다. 심지어 각각이 탐하는 1억 엔 역시 액수는 같을지언정 전혀 상이한 것으로 보인다. 그만큼 이들 각자의 목적의식과 위기, 시기나 공간은 물론 이를 타개할 방법마저도 전혀 다르게 그려진다. 세 명의 주인공은 각각의 위치에서 그저 각자의 파국으로 향할 따름이다. 그렇게 이들 중 단 한 명만이라도 돈을 쟁취하길 바라며 무심코 책장을 넘기다 보면 세 사건이 합일되는 기묘한 결말과 맞닥뜨리게 된다. 세 개의 범죄가 교차 전개하며 만들어낸 차별화된 재미만큼이나 종국에 이르러 독자의 허를 찌르는 이 효과는 무척이나 감탄할 만하다. 하나같이 범인凡人에 불과한 세 주인공은 처음부터 결코 감내할 수 없었던, 영리한 악인이 승리하는 것이 너무나도 당연한 비정한 세계의 진리마저 슬그머니 고개를 드니 말이다.

이런 구성은 순전히 문학작품이기 때문에 가능한 것이다. 당연히 시간 순서대로일 거라 생각했던 흐름을 뒤엎는 것도 용이하고, 얼굴이 드러나지 않는 이상 호명되는 여러 명칭만으로 키를 쥔 한 인물을 감추는 것도 가능하다. 이를 원작으로 한 전도연, 정우성 주연의 동명 영화가 미스터리문학 특유의 서술 트릭이자 이 작품의 결정적 한 수를 그대로 수용하기엔 애초에 한계가 있는 게 당연하다. 이번엔 원작의, 그리고 문학의 확실한 승리다.

어둠 속으로 걸어 들어가다

「다크 플레이스」

길리언 플린

나와 우리 가족의 인생이 완전히 끝장난 날. 만약 그런 날이 정말로 있다면 시간이 흐를수록 점점 더 거리를 두는 게 정답일 것이다. 실제로 〈다크 플레이스〉의 주인

공 리비 데이는 그렇게 살려 노력했다. 물론 그래도 완전히 벗어날 순 없어서 서른이 넘은 지금까지도 변변한 직장 하나 없이 매일 자살하는 공상을 취미인 양 반복하며 하루하루를 연명하듯 살고 있다. 순전히 25년 전인 1985년 1월 2일 바로 그날 때문이다. 당시 7살이던 그는 하룻밤 새 엄마와 두 언니를 동시에 잃었다. 오빠 벤이 가족 셋을 잔인하게 살해한 것이다. 천만다행으로 옷장 안에 숨어 있던 막내 리비는 겨울바람을 헤치고 집 밖으로 달려 나가 홀로 살아남았다. 물론 25년이 지난 지금은 딱히 벤을 증오하는 것도 아니다. 그도 그럴 것이 당시 어린 리비는 법정에 서서 살인범으로 벤을 지목해 지금까지도 수감 중이니 그로서는 할 일을 다한 것처럼 느껴지기도 할 것이다.

하지만 고통은 어떠한 방식으로든 계속된다. 그동안 후원금에 기대 살던 리비는 자립할 수 있는 나이에 이르면서 이제는 생계마저 막막해졌다. 이때 마침 아마추어 탐정 모임인 '킬 클럽'이 그에게 접근해 그날의 증거를 제시하면 돈을 주겠다고 제안한다. 그리고 단지 돈을 벌기 위해 나간 모임에서 그는 이제껏 한 번도 의심하지 않던 그날의 새로운 가정과 마주한다. 자료를 수집해 사건의 진상을 재구성한 클럽 회원들은 한목소리로 벤은 절대 범인이 아니라고 주장한 것이다. 자신의 위증을 비난하는 듯한 논조와 다른 증인들의 증언 철회 같은 새로운 사실들에 당황하던 리비는 혼란스러운 마음을 안고 서둘러 귀가한다. 킬 클럽 회원들의 말 그대로 리비는 벤이 가족들을 참살하는 광경을 목격하지 못했기 때문이다.

이후 리비는 절대로 다가서려 하지 않았던 그날의 진실을 부러 파고든다. 우선 가족들의 소지품이 담겨 있는, 25년간 단 한 번도 손댈 수 없었던 가방을 힘겹게 연다. 그리고 교도소에서 벤을 만나는 것을 시작으로, 늘 돈을 뜯어가기 일쑤였던 이혼한 친부 러너를 의심하는 등 계속해서 새로운 인물과 접촉하며 수사하듯 한 발씩 진실을 향해 나아간다. 동시에 25년 전 리비의 엄마 패티와 오빠 벤에게 번갈아 시선을 내어주며 1월 2일의 일과를 촘촘히 파고든다. 패티와 벤이 갈등했던 이른 아침부터 시작해 그간 알 수 없었던 사춘기 벤의 숨겨진 일화들이 조금씩 드러나면서, 사건이 벌어진 밤을 향하는 과거와 함께 리비의 현재 또한 역동하듯 흘러간다.

길리언 플린의 두 번째 소설 〈다크 플레이스〉는 리비가 그날의 기억을 에두르지 않고 '다크 플레이스(어두운

꽃)'라 표현하는 그대로 어둠에 접근해가는 미스터리 스릴러의 형식을 포괄적으로 활용한다. 어둠 속에 묻힌 진실을 밝히는 것만이 아니라 리비 스스로 주체가 되어 어둠 속으로 걸어 들어가는 태도 역시 그렇다. 그래서 세 인물이 교차하며 진실을 조합하는 방식만큼은 전형적일지 몰라도, 이를 섬세하게 조율해 진실을 유예하고 동시에 모두를 의심케 하는 능력은 감탄할 만하다. 모함과 오해가 모이고 모여 결국 파국을 향해 나아가는 과거의 이야기가 의외의 진실을 밝혀냄과 동시에 치유의 미래로 이어지는 결말은 그래서 더 산뜻하다. 결코 일어설 수 없을 나락에서 시작해 마침내 리비 스스로 새로운 출발선에 서는 고된 여정 내내 독자와 함께하는 실로 멋진 소설이다.

거장, 성장에 범죄를 엮다

「우리가 추락한 이유」

데니스 루헤인

"이 작품은 범죄 소설이다.
사기꾼, 살인, 탐욕, 복수로 가득 차 있다.
하지만 사랑에 대한 이야기가 이 작품의 핵심이다."
AP

ⓒ황금가지

"서른다섯 살이 되던 해 5월의 화요일, 레이첼은 남편을 총으로 쏘아 죽였다." 데니스 루헤인의 〈우리가 추락한 이유〉는 이렇게 첫 운을 뗀다. 그러고는 1979년생 레이철이 태어난 시점부터 35살이 되는 2014년까지의 이야기를 그린다. 그 톤은 시종 한 인간의 몰락을 묘사하는 것처럼 보이기 십상이다. 그러나 작가 데니스 루헤인은 〈미스틱 리버〉〈살인자들의 섬〉을 비롯해 '사립 탐정 켄지와 제나로' 시리즈로 잘 알려진, 우리 시대를 대표하는 범죄소설의 거장이다. 그는 이 소설에서 한 여인의 인생을 구간마다 작은 미스터리로 수렴하나 싶더니 결국 거대한 음모와 범죄가 뒤섞인 뜻밖의 경지로까지 나아간다.

〈나를 찾아줘〉의 작가 길리언 플린 역시 이 소설에 대해 다음과 같이 평했다. "루헤인은 두 권의 책을 썼다. 하나는 정체성과 소속감의 추구에 대한 통찰력 있는 분석이고, 둘째는 계속 짐작을 거듭하게 만드는 스릴러다. 그런 다음 그 두 권을 바로 이 하나의 대단한 책으로 엮었다." 그 말 그대로 이 소설은 크게 3부로 나뉘어 있으며, 그중 제1부 '거울 속의 레이철'은 1979년부터 2010년까지 레이철의 지난한 성장기에 주목한다. 마치 남편을 사살하기까지 레이철의 불안하고 위태로운 심리에 집중하는 양 그의 감정을 어루만지다 들쑤시며 지극히 섬세한 심리소설임을 '가장'하는 것이다.

물론 '가장'한다는 말은 적절한 표현이 아니다. 다만

홀어머니 밑에서 자란 레이철이 자신이 태어나자마자 떠난 친아버지의 정체를 추리하고 추적하던 전반부와 살인과 음모가 팽배한 후반부의 온도차는 그만큼 상당하다. 그리고 이 온도차야말로 레이철이 가까스로 쌓아 올린 삶이 결국 수년간 만들어낸 거짓에 불과했다는 사실로 놀라움을 안기는 결정적 요인이기는 하다. 하지만 레이철의 결혼 생활이 철저히 기획된 것이었다는 후반부 '큰 그림'만큼이나, 레이철 스스로 결핍을 만회하려는 작은 퍼즐 조각들 또한 무척이나 정교하고 드라마틱하다. 기자로 승승장구하던 레이철은 강진이 덮친 아이티의 참혹한 실상을 생방송으로 리포트하던 중 공황 발작을 일으키면서 커리어를 완전히 망친다. 그리고 너무나도 무거운 슬픔에 짓눌린 다음에야 아버지의 존재에 대해 알게 되고, 왜 어머니가 그에게서 아버지를 감추려 했는지를 깨닫는다. 그렇게 그의 생애 가장 큰 미스터리는 일단락된다.

그리고 마치 앞으로도 살아갈 날이 많다는 듯 이야기는 새로운 국면으로 접어든다. 레이철은 곧 방송국에서도 잘리고 방송국 PD였던 남편과도 소원해진다. 집 밖으로는 한 발짝도 못 나갈 만큼 대인 기피증과 공황장애가 점점 더 심해진다. 그러던 중 과거 아버지를 탐문해주던 조사원 브라이언과 재회하고 그와 재혼하면서 그의 삶에도 한줄기 빛이 비친다. 그러나 완벽해 보이던 남편의 수상쩍은 행동을 목격하면서 그는 다시금 흔들린다. 과연 브라이언과의 결혼 생활은 어디서부터 잘못된 걸까? 예견된 대로 그는 남편에게 총을 겨누지만 이 또한 철저히 '시나리오대로'다. 굳이 하나만 더 부연하자면, 브라이언에겐 처음부터 레이철이라는 '특별한' 인간이 필요했던 것이다.

데니스 루헤인의 심리 스릴러는 후반으로 달려갈수록 레이철의 세밀한 심상을 그대로 비밀스러운 범죄의 얼개와 연결 짓는다. 그러니 단순히 인간의 마음을 헤집는 데서 그칠 리 없다. 브라이언이 레이철에게 자신이 연출한 '작전'이 곧 당신에 대한 사랑이라고 주장하는 그대로, 데니스 루헤인은 예측 불허의 범죄와 상처와 결핍, 그리고 이를 넘어서는 용기를 그대로 재료이자 주제로 삼았다. 슬픔에 스러진 인간을 꿰뚫는 통찰력만으로도 보기 드문 지독한 성장소설일진대, 기어이 여기서 몇 발 더 나아가 모든 것을 의심케 한다. 과연 거장이라는 칭호가 아깝지 않다.

'이야미스'를 아시나요?

『갱년기 소녀』
마리 유키코

ⓒ황금가지

마리 유키코는 대표적인 '이야미스' 작가다. 이야미스란 '싫다'는 뜻의 일본어 '이야다いやだ'와 '미스터리'의 앞글자를 합성한 조어다. 직역하자면 '싫은 기분이 드는 미

스터리'라는 뜻인데, 그 의미 그대로 인간의 추악한 감정을 가감 없이 드러냄으로써 독자로 하여금 불편한 기분이 들게 하는 어두운 미스터리 장르를 가리킨다. 마리 유키코 외에도 〈아웃〉 〈그로테스크〉의 기리노 나쓰오, 〈고백〉 〈N을 위하여〉의 미나토 가나에, 〈유리고코로〉 〈그녀가 그 이름을 알지 못하는 새들〉의 누마타 마호카루는 모두 한결같이 음습한 미스터리소설을 쓰는, 이야미스계 선봉에 선 여성 작가다. 〈미궁〉의 나카무라 후미노리나 〈해바라기가 피지 않는 여름〉의 미치오 슈스케 등의 남성 작가도 이야미스로 묵직한 족적을 남긴 건 사실이지만, 특히 여성 작가들이 더욱 두드러진 활약을 보이는 것 또한 이야미스 장르의 특징으로 꼽는다.

이런 일군의 작가 중에서도 마리 유키코는 독자의 불쾌감을 돋우는 것으로만 따지면 단연 첫손에 꼽힌다. 그의 작품은 인간의 가장 밑바닥이라 생각했던 곳에서 시작해 반드시 나락 깊숙이까지 다다른다. 마리 유키코의 2010년작 〈갱년기 소녀〉는 이야미스는 물론 어둠에 천착하는 작가 특유의 매력을 단번에 보여준다. 1970년대를 풍미했던 순정만화 〈푸른 눈동자의 잔〉의 팬클럽을 이끄는 간부 모임 '푸른 6인회'는 값비싼 프렌치레스토랑에서 정기 모임을 열고 회지를 발행하며 과거 추억을 공유한다. 얼핏 소녀 감성 충만한 중년 여인들의 우아한 사교 모임으로 비칠지 모르나 작가는 도입부부터 묘사 하나하나에 불쾌한 느낌을 잔뜩 나열한다. 얄미운 말과 행동으로 동석한 사람의 속을 긁는 것은 기본이요, 이 작은 모임에도 서열이 있어 이들은 시종 그 '권력'에 기반해 행동한다. 게다가 18세기 프랑스 배경의 만화를 추앙하는 만큼 서로를 실비아니, 마그리트니 하는 닉네임으로 부른다. 시작부터 치밀하게 독자의 '짜증'을 북돋는 이유는 분명하다. 여기 모인 여섯 명은 우아한 드레스를 입고 값비싼 식사를 하지만, 그 이면에는 모두 너절한 욕망과 한심한 현실을 감추고 있는 탓이다.

한 멤버의 실종으로 문을 연 이야기는 챕터마다 각 멤버의 진짜 속내를 낱낱이 전시한다. 에밀리는 남몰래 남편의 가정 폭력에 시달리고, 미레유는 하릴없이 매일 파친코나 하는 주제에 밥상을 뒤엎고 노모를 구타하고 유산까지 독차지하려 든다. 자연히 챕터가 거듭될수록 찜찜한 감정이 가히 폭발적으로 점증한다. 그렇다고 '이야'만 있는 것은 아니다. 과거 〈푸른 눈동자의 잔〉은 뜬금없는 결말과 함께 갑작스레 종결된 탓에 팬들 사이에서는 실은 유령 작가가 있었다는 둥, 작가 역시 저주받아 죽었다는 식의 일종의 도시 전설로 회자된다. 그리고 푸른 6인회 멤버들은 정말로 만화의 저주라도 받은 양 하나둘 파국으로 치닫는다. 어쩌면 이들 사이에는 불화를 조장하고 심지어 살인도 서슴지 않는 인물이 도사리고 있는지도 모를 일이다.

〈갱년기 소녀〉라는 제목 그대로 등장인물들은 하나같이 몸은 다 자랐지만 정신은 미성숙한 소녀의 행태를 보여준다. 모임의 아이돌 같은 존재인 가브리엘을 향한 연심과 질투를 비롯해 사치를 일삼는 허영심이 그 증거다. 그렇게 각자의 파멸을 그리던 이야기는 당연하다는 듯 몇몇의 끔찍한 죽음으로까지 치닫는다. 독자의 오독을 종용하는 서술 트릭으로 누군가의 정체를 교묘히 감추다 마침내 진실이 드러나는 순간, 뒤늦은 깨달음과 참담함 덕에 탄식은 더욱 깊어진다. 끝내 불쾌한 감정은 일소되지 않지만 그렇게 내내 어둠에서 뒹굴다 보면 곧 스스로의 어둠과도 맞닥뜨릴 수 있을 것이다. 마리 유키코의, 이야미스의 핵심은 바로 거기 있으니까.

명작 미스터리대로 죽인다면

「여덟 건의 완벽한 살인」
피터 스완슨

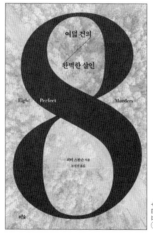

사실 미스터리소설은 완벽한 살인에 대한 이야기가
아니다. 오히려 완전범죄란 애초에 불가능하다는 것을
다시금 각인시키는 이야기에 가깝다. 미스터리 비평 선

집인 〈죽이는 책〉이 "인간 최악의 본성이 아무런 저항 없이 승리를 거두는 것을 수수방관하지 않은 선한 남녀들의 세계를 엿볼 수 있다"며 추리소설의 본질을 적시한 그대로다. 미스터리소설이 마치 범죄를 옹호한다거나 부추긴다는 식의 비난은 순전히 잘 모르는 외부인의 겉핥기에서 비롯된 것이다. 소설 속의 온갖 기상천외한 범죄는 현실을 정확히 모사하는 가운데 처음부터 극단에 치우친 인간의 파멸을 가정한다. 그러니 이 모든 혼돈을 이성으로 정돈해내는 미스터리소설의 서사는 극진한 오락인 동시에 독자 스스로 내면을 응시하는 행위이기도 하다. 즉 '독서' 행위의 가장 기본과도 정확히 맞닿는 셈이다.

〈죽여 마땅한 사람들〉로 잘 알려진 피터 스완슨의 〈여덟 건의 완벽한 살인〉은 서구권 명작 추리소설과 이를 향유하는 팬덤을 그대로 배경 삼아 잘 알려진 가공의 불가능 범죄를 실현하는 미지의 범죄자를 다룬다. 보스턴에서 추리소설 전문 서점을 운영 중인 맬컴 커쇼에게 FBI 요원이 찾아와 최근 벌어진 미결 살인 사건이 그와 연관되어 있음을 알린다. 10년 전 그가 서점 블로그에 올린 '여덟 건의 완벽한 살인' 리스트에 실린 애거사 크리스티의 〈ABC 살인사건〉처럼 최근 희생된 세 피살자의 공통점 역시 고작 이름에서 찾을 수 있다는 것이다. 즉 살인범은 용의선상에서 벗어나기 위해 크리스티의 작품대로 연고 없는 두 명을 더 죽여 마치 이름에 집착하는 사이코패스의 무차별 살인인 양 수사를 호도하고 있는지도 모른다. 이 밖에도 제임스 M. 케인의 〈이중 배상〉처럼 이미 살해한 이를 철도에 던져놓고 마치 열차에서 낙사한 것처럼 가장한 살인도 있다. 맬컴의 단골 고객이 심장마비로 사망한 것 역시 평소 심장이 약한 아내를 놀래어 자연사로 처리한 아이라 레빈의 〈죽음의 덫〉을 모방한 것이 아닌지 의심스럽다. 모두 맬컴이 꼽은 '완벽한 살인' 그대로다.

이후 맬컴은 FBI의 자문 역으로 각 미결 사건을 작품과 대조하며 과거 그 작품을 숙독하던 때를 떠올린다. 그러면서 마약에 취해 운전하다 사망한 아내와의 고통스러운 기억, 중독자였던 아내에게 마약을 공급한 이에 대한 증오가 다시금 그를 옭아맨다. 이윽고 화자였던 맬컴이 독자에게 직접 말을 걸기 시작하면서 이야기는 단순한 추리 도락을 훌쩍 넘어선다. 맬컴 역시 직접 리스트에 올린 퍼트리샤 하이스미스의 〈열차 안의 낯선 자들〉처럼 '교환 살인'의 당사자, 즉 아무 관계없는 두 사람이 서로 상대방이 지정한 사람을 죽임으로써 수사망을 피해 간

장본인임을 밝히며 지금까지 드러난 사실보다 훨씬 더 깊숙이 관여돼 있음을 폭로한 것이다. 처음부터 그 밖의 다른 살인은 맬컴의 비밀을 알고 있는 누군가가 서서히 그의 목을 조이는 것이나 마찬가지였다. 이제 맬컴은 살인범보다 한발 앞서가기 위해서라도 책을 읽고 단서를 찾아내 그 의도에 먼저 다가가야만 한다.

이 작품은 〈열차 안의 낯선 자들〉을 정전 삼아 구조와 주제를 그대로 따른다. 교환 살인을 저지른 맬컴의 불안과 죄책감을 부채질하는 동시에 가공의 살인을 실연하는 살인범의 기괴한 심리로 차츰 이를 수렴하는 것이다. 여러 명작과 마주하는 작은 즐거움이 곳곳에 포진한 가운데, 독서가들의 여러 행태를 그대로 미스터리로 구현한 이중 삼중의 장치가 독서의 지극한 재미와 미스터리 장르에 대한 경배를 한데 아우른다.

악마를 둘러싼 악한들의 군상극

「소문의 여자」
오쿠다 히데오

〈인 더 풀〉〈공중그네〉〈면장 선거〉로 이어지는 '닥터 이라부' 시리즈는 작가 오쿠다 히데오의 해학성이 잘 드러난 작품으로 한국에서도 그의 이름을 알린 첨병 역할을 했다. 임순례 감독이 영화로도 제작한 〈남쪽으로 튀

어!)는 작가 특유의 냉소와 풍자가 빛나는 또 다른 대표작으로 기억된다. 하지만 뭐니 뭐니 해도 그의 진면목은 다양한 인간 군상들을 중층 조망하는 작품에서 찾는 게 옳다. 주인공을 특정하기보다는 여러 명의 인간을 나열하고, 그들 각자의 시선을 통해 평범한 소시민들의 너절한 욕망을 하나둘 들여다보는 일련의 작품은 그의 가장 대표적인 서사 기법이니까. 〈최악〉〈방해자〉〈라라피포〉〈한밤중에 행진〉〈꿈의 도시〉 등은 모두 주변의 흔한 생활인 혹은 밑바닥 인생들의 범죄와 그에 따른 몰락을 군상극으로 구현해 얄팍한 인간들의 치졸한 행태를 속속들이 파헤치는 작품이다. 줄곧 각자의 방식대로 움직이던 사람들이 마침내 한곳으로 귀결되며 만들어낸 파국이 늘 기억될 만한 한 수로 작용했던 점 역시 '군상 소설'이야말로 오쿠다 히데오의 인장이자 정수임을 방증한다.

〈소문의 여자〉는 이런 그의 주특기를 여실히 확인할 수 있는 작품이다. 일본 어느 지방 소도시를 배경으로 한 열 편의 에피소드는 주인공도 시점도 모두 다르며 각각의 이야기는 느슨하게 연결되어 점진적인 시간의 흐름만 감지할 수 있을 뿐이다. 이 열 가지 이야기를 한데 꿰는 인물은 이토이 미유키다. 뛰어난 미인이라고는 할 수 없지만 육감적인 몸매로 남자를 홀리는 "페로몬이 줄줄 새는 여자"라는 게 주변 사람들의 일관된 평가다. 학생 때는 눈에 띄지 않는 수수하고 얌전한 아이였으나 전문학교를 졸업한 뒤 외모며 성격까지 딴사람이 된 탓에 더더욱 이 고장 사람들은 그를 안줏거리 삼아 수군거리기 일쑤다. 그렇게 과거 미유키가 룸살롱에서 일한 적이 있다는 뜬소문은 점차 단단한 살을 붙여가고, 여기에 사람들의 망상과 질투까지 더해지면서 미유키의 실체는 점점 더 모호해진다.

중고차 판매점에서 처음 모습을 드러낸 미유키는 이윽고 마작장과 요리 교실 등에서도 나타나 눈에 띄는 외모와 노회한 처세술로 계속해서 사람들의 소문을 부풀린다. 그럼에도 정작 각 에피소드의 초점은 미유키보다는 온통 주변의 평범한 소시민들에게 맞춰져 있다. 이들 모두는 때때로 그릇된 욕망에 휘둘리기도 하는 보통 사람에 불과하다. 중고차 판매점의 실수를 빌미 삼아 뭐라도 빼먹으려 혈안이 된 사람, 아버지의 유산을 상속받으려 안달복달하는 자식들, 오랜 유착 관계를 지속하기 위해 고심 끝에 누군가를 배신하기로 맘먹는 치 등 다소 맥 빠지는 악한들 일색인 것. 가끔은 이기심 때문에 부정을 저지르고 탐욕과 색욕에 눈이 멀어 잘못된 선택을 하기도 하는 그런 사람들 말이다. 모두 잘 봐줘봤자 고작 '소악당'에 불과하다. 〈소문의 여자〉는 그런 소악당들의 이야기를 빼곡히 나열함으로써 인간의 하찮은 욕망과 추악한 면면을 소도시 구석구석에 낱낱이 전시한다.

기묘한 것은 갖가지 인간 군상들의 치부를 드러내는 동안 미유키에 대한 소문이 결코 소문에 머물지 않는다는 점이다. 허황된 풍문으로 취급할 법한 미유키의 배경은 에피소드가 바뀌면서 조금씩 새로운 실체에 다가서고, 더불어 미유키의 위치마저 의외의 국면을 향하면서 은밀한 소문은 곧 불온한 진실로 차츰 자리를 옮긴다. 온갖 약은 척은 다 하며 살아가는 소악당들 사이에서 마침내 악당 중의 악당, 아니 진짜 악마가 실체를 드러내는 마지막까지, 해학과 풍자의 달인이자 군상극의 장인인 오쿠다의 메스는 온갖 인간의 검은 속내를 역시나 절묘하게 해부한다.

제로부터 시작하는
자아 탐구 생활

「6월 19일의 신부」

노나미 아사

기억상실은 크게 기질성 기억상실과 심인성 기억상실로 나뉜다. 기질성 기억상실은 직접적인 뇌 손상으로 인해 발생한 기억상실을 의미한다. 반면 심인성 기억상실은 뇌 손상과는 무관하다. 심인성心因性, 즉 마음에서

기인한 기억상실이란 어떤 충격적인 특정 사건의 기억 재생에 장애가 생긴 것으로, 더러 특정 사건에 대한 기억만이 아니라 과거 일정 기간 동안의 기억이 몽땅 상실되는 경우도 있다. 알다시피 이 단순한 의학적 진실이 창작자에게 준 영감은 어마무시했다. 현실에 정말로 실재한다는 핍진성에 더해 발병 빈도와 실제 증상마저도 무시할 만큼 드라마틱하고 손쉬운 전개가 가능했기 때문이다. 실제로 너무나도 간편하게 그리고 빈번하게 등장했음을 헤아려보면 종종 기억상실이란 소재만으로 비판받는 것도 어느 정도 납득할 만하다.

하지만 본디 기억상실이란 스스로도 알지 못하는 자신, 즉 '존재하지 않는 나'라는 가장 근원적인 공포와 맞닿는 것이다. 또한 잃어버린 과거를 찾는 여정은 결코 방관하거나 지체할 수 없는 절대적 미스터리이기도 하다. 자신의 존재 자체가 무정형일지니 기억에도 없는 타인 또한 달가울 리 없다. 곧 나를 포함한 인간 모두는 음험한 속내를 감춘 스릴과 서스펜스로 채워지기 마련이다. 나 자신에 대한 탐구를 '제로'부터 시작한다는 것은 그만큼 위태로우면서 매혹적인 여정이다.

〈얼어붙은 송곳니〉로 제115회 나오키상을 수상한 작

가 노나미 아사의 〈6월 19일의 신부〉는 소재주의의 함정에 빠지지 않고 기억상실의 본질을 주제와 직결시킨 미스터리소설이다. 예비 신부 이케노 치히로는 누군가의 차를 타고 가다 교통사고를 당해 실신한다. 이후 치히로는 모르는 방에서 모르는 남자의 간호를 받으며 깨어나는데 사정을 묻는 남자에게 아무것도 대답하지 못한다. 기억을 완전히 잃은 것이다. 그로부터 며칠 사이 치히로는 자신의 소지품 등을 단서 삼아 한 가지 사실을 기억해낸다. 다가오는 6월 19일 자신이 결혼식을 올린다는 것. 닷새 남짓 남은 시간 동안 그는 6월의 신부 '준 브라이드'가 되기 위해 잃어버린 기억을 찾으려 고군분투한다.

흔히 대중문화 서사물에서 기억상실이 담보한 또 하나의 사실은 그렇게 찾아 헤매던 자신이 결코 선하거나 바라던 모습이 아니라는 것이다. 치히로 역시 자신에 대한 기억을 떠올릴 때마다 자기라고는 믿기 힘든 추악한 진실과 마주하고, 그렇게 바라 마지않던 결혼 또한 타락한 과거의 자신이 꿈꾼 그릇된 욕망의 산물임을 깨닫는다. 물론 단순히 불편한 진실로 안내하는 것만이 전부는 아니다. 2019년 5월 1일, 일본은 1989년부터 써오던 연호 헤이세이平成를 레이와令和로 바꿨는데, 마찬가지로 치히로는 현재인 1989년이 헤이세이 원년임을 뒤늦게 알게 되면서 기다려 마지않던 결혼식이 이미 작년의 일이었음을 깨닫는다. 즉, 치히로가 겨우 되찾았다 생각한 기억 속엔 여전히 최근 1년간의 기억은 없었던 것이다. 이를 토대 삼아 중층의 기억상실로 덫을 놓은 서사는 미스터리 장르 특유의 쾌감에 십분 부응한다. 무엇보다 해피엔드를 향하던 결말이 완전히 전복되는 마지막 장면은 오래도록 기억될 만하다.

〈6월 19일의 신부〉는 기억상실의 본질에 천착해 인간의 원초적인 공포를 자극하는 서스펜스 드라마다. 하지만 때때로 치히로의 여정은 자신이 누구인지 확신할 수 없는 상황에서 고뇌하는, 가장 위험한 자아 탐구처럼 느껴지기도 한다. 본 적도 없는 완벽한 타인과 불온한 자신을 합치한 이런 미스터리라면 닳고 닳은 기억상실조차 충분히 새롭다.

단기 기억상실의 늪

「유리의 살의」

아키요시 리카코

© 제우미디어

크리스토퍼 놀런 감독의 영화 〈메멘토〉(2000)는 단기
기억상실증 환자를 주인공으로 내세워 고차뇌기능장해
증상을 대중에게 각인시킨 대표적인 스릴러다. 기억이

몇 분 정도밖에 유지되지 않는 이의 삶은 과연 어떻게 지속될 수 있을까? 이를 〈메멘토〉는 몸에 문신을 하고 폴라로이드 사진을 찍어 메모하는 주인공을 조망하는 동시에, 플롯을 역순으로 나열하면서 마지막에야 이것이 단기 기억상실증 환자의 '살아가는 법'임을 밝히며 묵직한 충격을 안겼다. 아키요시 리카코의 〈유리의 살의〉 역시 사고로 기억장애를 갖게 된 마유코의 기억나지 않는 살인으로 시작해, 기억을 쌓을 수 없이 살아간다는 것이 어떤 의미인지를 보다 진중하고도 다각적으로 파고든다.

마유코의 눈앞에 온통 피투성이인 남자가 보인다. 그리고 자신의 손에는 피 묻은 식칼이 들려 있다. 아무래도 자신이 사람을 죽인 모양이다. 그러나 경찰서에 가자마자 상황은 급변한다. 마유코는 자기가 왜 여기에 있는지조차 기억하지 못할 뿐 아니라 형사들과 대화하는 사이에도 몇 번이나 그들을 잊어버린다. 심지어 마유코는 자신이 고등학생이라고, 또 어쩔 때는 대학생이라고 여긴다. 기억이 시작되는 시점은 매번 달라 마흔 살 주부라는 자신의 현재를 인지하기까지는 늘 시간이 걸리고, 때로는 당황하던 그 순간마저도 언제 그랬냐는 듯 다시 처음으로 되돌아가기 일쑤다.

    마유코가 생경한 환경과 맞닥뜨리는 여러 장면은 철저히 그의 일인칭시점으로 전개되어 시종 안타까움을 자아낸다. 한편 형사 유카는 마유코가 영문도 모른 채 유치장에서 경찰서, 현장 검증으로 휘도는 사이 그의 단독 범행에 대해 의심의 시선을 거두지 않는다. 마유코는 20년 전 무차별 살인범에게 부모를 잃고 그 역시 범인을 피해 도망가다 차에 치여 기억장애를 얻었다. 그리고 마유코가 죽인 이는 그때 부모의 원수인 데다, 당시 마유코를 친 운전자는 그를 간호하다 결혼한 현재의 남편 미츠하루다. 그러니 혹시 기억은 없지만 살의만 남은 그를 남편이 도운 것은 아닐까?

    사실 〈유리의 살의〉의 미스터리는 꽤 간명하게 축약된다. 마유코의 헌신적인 남편 미츠하루가 정말로 믿음직한 인물인지 아닌지에 정확히 초점을 맞추고 내내 줄타기를 벌이고 있는 탓이다. 남편은 왜 마유코의 무죄를 주장하기보다는 감형을 바라는 걸까. 게다가 마유코와 교감했던 유일한 이웃 히사에 따르면 그에겐 남몰래 아내를 학대한 정황까지 엿보인다. 그러면서도 형사 유카가 치매를 앓는 자신의 어머니를 마유코에 이입함으로써 기억을 유지할 수 없는 사람과 살아가는 지난한 일의 의미를 계속해서 여기 대비시킨다. 결국 사건의 진실은 단출한 이지선다형 미스터리 안에서도 결말까지 쉬지 않고 요동친다.

미스터리의 핵심은 단순할지 모르나 이야기는 매 순간 연민을 자아내는 마유코의 인생과 긴밀히 엮이면서 여러 불행한 인생들을 함께 건드리고 또 어루만진다. 마유코를 돕기로 결심한 희생이라는 이름의 사랑, 반면 결코 잊을 수 없는 기억에 평생을 짓눌린 이의 또 다른 원망이 바로 그것이다. 결국 사건의 진상은 마유코의 명멸하는 기억을 차츰 진심의 드라마로 수렴한다. 쳇바퀴 돌 듯 반복되는 기억의 함정에 독자와 마유코를 한꺼번에 몰아넣은 후, 절절한 드라마로 조금씩 출구를 낸 까닭에 모든 진실과 마주하는 순간 뜻밖의 감동까지 맛볼 수 있다.

아무도 믿지 마라

「더 걸 비포」

JP 덜레이니

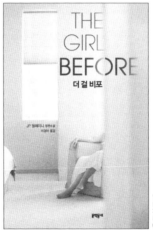

미스터리소설을 읽을 때면 무의식적으로 함정에 빠지지 말자고 다짐할 때가 있다. 그렇게 작가와 경쟁하는 듯한 자세를 취하면서도 내심 작가에게 완전히 압도당하기

를 바라는 것이다. 어디 미스터리뿐이겠는가. 위험에 빠진 주인공과 동일시한 나머지 함께 허우적대다 뜻밖의 진실과 마주하는 것은 서사 장르의 가장 큰 쾌감 중 하나다.

그런 면에서 〈더 걸 비포〉의 '함정'과 '진실'은 좀 더 색다른 질감으로 읽힌다. 독자를 기만하고 배신하기 위해 정교하게 계획된 미스터리며, 몇 번의 반전과 함께 조금씩 드러나는 진실 또한 책무를 다한다. 그럼에도 더욱 중요한 점은 이 모든 것이 아주 사소하고도 일반적인 편견을 토대로 이루어져 있다는 것이다. 좋은 사람과 나쁜 사람을 나누는 것이 우습게 느껴질 만큼 인간에게는 다양한 면이 있는데도 우리는 늘 단정 짓기 일쑤라는 그런 평범한 어리석음 말이다. 〈더 걸 비포〉는 그런 보통의 선입견을 토대로 이루어진 인간이라는 이름의 미스터리로써 이 책의 수많은 장점을 완벽히 압도한다.

화제의 건축가 에드워드 멍크퍼드가 설계한 런던의 원 폴게이트 스트리트는 완전무결한 초현대식 저택이다. 하우스키퍼 시스템에 의해 제어되는 집은 사용자에 따라 수온을 맞춰줄 만큼 모든 것이 자동화되어 있으며 무엇보다 아름답다. 물론 이 완벽한 집에 거주하기 위해선 지켜야 할 것들이 꽤 많다. 에드워드의 지론인 미니멀리즘을 현현한 듯한 이 집은 이미 완벽한 상태이기에 모든 건 반드시 원래 있던 대로만 존재해야 한다. 따라서 새로운 가구나 장식품을 들이는 것은 허락되지 않는다. 정리 정돈은 필수며, 옷가지도 꼭 필요한 정도만 소지해야 한다. 이런 지침과 금지 사항이 무려 200여 개에 이르고 이 계약 조건에 찬성해야만 입주가 가능하다. 그야말로 집주인이자 설계자인 에드워드의 철학에 완전히 공감해야만 거주할 수 있다.

이야기는 이 괴상한 집의 입주자인 두 여인의 시점을 병렬하며 전개된다. 한 사람은 과거에 이곳에 살았던 에마이며, 다른 하나는 현재 막 입주한 제인이다. 제인이 입주할 수 있었던 이유는 에마가 사망했기 때문이다. 그것도 이 집에서. 난간조차 불필요하다고 생각한 것이 화근이 되었는지 에마는 사고로 계단에서 추락사한 것으로 알려져 있지만, 알 수 없는 일이다. 그렇게 에마의 진실을 추적하던 제인은 에마가 에드워드와 사귀었으며 점차 그의 사상에 완전히 동조되었음을 알게 된다. 그리고 이번엔 자신이 이 매력적인 건축가와 사귀게 되었으니 그는 이제 에마에게 무슨 일이 있었는지 반드시 알아내야만 한다.

〈더 걸 비포〉는 두 가지 시점을 두세 페이지 안에 교차시키며 두 주인공의 현재를 빠르게 엮는다. 그에 따라 에드워드에게는 완벽주의자를 넘어 소시오패스 기질마저 엿보이며, 그의 아내와 아들 또한 과거 이 집에서 사고사한 사실까지 서서히 드러난다. 게다가 에마는 살아생전 그에게 완전히 통제당했던 것으로 보이니 모든 것이 의심스럽기만 하다. 조금씩 베일을 벗겨가면서 이런 에드워드의 독특한 일면은 더욱 강화된다. 심지어 에마는 제인과 놀라울 만큼 닮기도 했으니 말이다.

그러나 이야기는 독자의 단단해진 선입견을 몇 차례나 뒤집으며 여기 제인의 위기를 직조한다. 가련한 희생자인 줄 알았던 이는 거짓말쟁이였고, 믿음직한 친구나 연인 역시 그림자를 숨긴 채 곧 추악한 욕망을 전시한다. 인격이 있을 리 없는 집을 악의를 지닌 공간처럼 묘사하고, 선인과 악인을 나누더니 슬그머니 뒤섞어 몇 개나 되는 가면을 들이댄다. 그러니 이 미스터리의 교훈은 이것. 열 길 물속은 알아도 한 길 사람 속은 모른다, 그러니 아무도 믿지 마라. 인간이라는 단순하고도 완벽한 함정이 실로 압도적이다.

그림자 속을 파고들 때

「모든 비밀에는 이름이 있다」

서미애

이제 작가 서미애를 가리켜 한국을 대표하는 미스터리 스릴러 작가라는 말에 토를 달 이는 거의 없을 것이다. 20년 넘게 여러 미디어를 넘나들며 스릴러 작가로 단단

히 자리매김한 데다, 〈잘 자요 엄마〉가 전 세계로 수출되면서 비좁기만 한 국내 미스터리 시장의 주축으로 해외에도 널리 알려지기 시작한 까닭이다. 그런 서미애 작가이기에 신작 〈모든 비밀에는 이름이 있다〉에는 여러모로 반가운 마음이 먼저 들었다. 우선 〈모든 비밀에는 이름이 있다〉는 〈잘 자요 엄마〉의 후속작으로 연쇄살인범 이병도와의 사건이 벌어진 지 5년 후, 중학교 3학년이 된 하영의 이야기를 다룬다. 그리고 전작 〈당신의 별이 사라지던 밤〉에서 그랬던 것처럼 또다시 어른들의 눈을 피해 교묘히 군림하는 아이들의 왕국을 들여다본다. 그저 미숙할 것만 같은 아이들의 잔혹한 비밀과 하영의 가장 가까이에 잠재해 있던 위험, 그리고 겨우 봉합된 줄 알았던 기억이 스멀스멀 피어오르면서 한적한 강릉 여름 바닷가에는 어느새 한기가 인다.

동급생들의 괴롭힘을 피해 강릉에서 새벽 버스를 타고 몸을 피하려던 유리는 재수 없게 딱 은수 일행과 마주친다. 악질적이지만 다분히 우발적인 집단 구타에 의해 유리는 그 자리에서 사망하고, 아버지 차를 훔쳐 몰던 이들은 유리의 시체를 유기하기로 한다. 한편 하영의 아빠는 재혼한 아내 선경의 임신을 계기로 갑작스럽게 가족 모두 강릉 별장으로 이사하기로 결정한다. 자기 본위적인 아버지의 독단에 휘둘리던 사춘기 하영은 이래저래 신경질적으로 행동하고, 선경은 남편 전처의 딸인 하영과의 관계가 내심 어렵고 위태롭게만 느껴진다. 특히나 방 안에 들어온 박쥐를 쫓는답시고 주머니칼을 휘둘러대는 하영의 행동에서 선경은 비정상적인 폭력성을 감지하지만, 이를 통제하는 것조차 그에겐 너무나도 버거운 일이다.

이내 하영은 박쥐를 찾는다며 근처 산을 헤매다 버려진 유리의 가방을 발견하고, 전학을 오면서 곧 은수의 세계로 입성한다. 교실이란 계급사회 안에 발을 디딘 하영의 심상과 행동은 처음에는 아이들이 숨긴 '비밀'을 알고 있다는 데서 미묘하게 우월한 지위를 차지한 듯 보인다. 하지만 그런 하영이 어릴 적 이곳 '새 집'에서 산 적이 있었다는 잊고 있던 기억과 마주하며 드러나는 또 다른 비밀은 결국 하영의 안팎에서 위험을 자아낸다. 더욱이 어디로 튈지 모르는 하영과 동거하는 선경마저 점차 남편의 비밀을 알게 되면서 하영의 트라우마는 곧 가까운 곳에 드리워 있던 깊은 어둠을 소환해내기에 이른다.

"인간은 누구나 똑같다. 발끝에는 검고 긴 그림자를

늘어뜨리고 있다." 동급생을 살해한 아이들의 무감한 언행을 지켜보던 하영이 사태를 관망하다 이를 직접 관장하기로 마음을 옮기기까지의 이야기는 줄곧 한 가정 안에 도사린 공포와 엮이면서 비로소 하영 자신의 그림자를 파고든다. 주목할 점은, 오직 여성 캐릭터들만 화자의 자리를 주고받으며 만들어내는 참혹한 비밀보다는 그 미묘한 심리에 정확히 초점을 맞췄다는 데 있다. 그렇게 불안과 공포만이 아니라 그 대척점에 위치한 폭력과 지배 정서까지 아우르며 내내 아슬아슬한 줄타기를 벌인다. 또 결코 연대하지 못할 것 같은 둘이 마침내 손을 잡는 결말에 이르기까지 악의는 주객을 전도하며 소용돌이친다. 인간의 가면을 여러 번 들춰내는 진득한 서사에 마음을 뺏긴 나머지, 하영이 성인이 되어 마침내 어둠을 씻어낼 '하영 연대기'의 마지막 편이 벌써부터 기다려진다.

도쿄 청춘들의 고독과 어둠

「퍼레이드」

요시다 슈이치

요시다 슈이치는 보통 순수문학과 대중문학을 아우르는 작가로 잘 알려져 있다. 이는 우선 2002년 〈퍼레이드〉로 제15회 야마모토 슈고로상을 수상한 그해 〈파크

라이프〉로 제127회 아쿠타가와상까지 거머쥔 이례적인 수상 경력에서 비롯된다. 야마모토 슈고로상이 대중소설을 대상으로 한 문학상인 데 반해 아쿠타가와상은 순문학에 수여하는 상으로 둘의 성격은 확연히 다르기 때문. 이러한 경력이 상징하는 그대로 요시다 슈이치는 순문학과 대중문학의 경계를 넘나들며 주로 연애소설과 범죄소설에서 의미 있는 족적을 남겼다. 그런 면에서 어쩌면 그는 장르로 재단할 수 없는 작가이기 이전에 인간 심리에 대한 지대한 관심을 토대 삼은 대중소설가라는 편이 옳을지 모른다.

그의 뿌리라고 할 만한 〈퍼레이드〉에서도 그 단초는 여실히 드러난다. 도쿄에 위치한 셰어하우스를 배경으로 20대 청년 다섯 명의 동거 생활을 그려낸 이 작품은 겉으론 가벼운 코미디인 양 도쿄 청춘들의 트렌디 드라마를 가장하지만, 그와 동시에 마음속의 그림자 또한 차곡차곡 쌓아나간다. 도쿄의 사립대학에 진학하며 상경한 요스케는 다른 이에겐 어쩐지 바보처럼 보이기 십상인 느긋한 성격에 머릿속엔 온통 선배의 애인과 잘해볼 생각뿐이다. 인기 배우로 발돋움한 남자 친구의 전화만 기다리며 두문불출하는 고토미의 일상은 '잉여인간' 그 자체다. 잡화점에서 일하는 미라이는 날마다 만취해 귀가하는 게 일상이다. 개중 가장 나이가 많은 28세 나오키만큼은 독립영화사에 일하는 건실한 직장인처럼 보이지만 실은 가장 음험한 욕망에 짓눌린 인물이다. 이들 넷은 어느 날부터 당연하다는 듯 같이 숙식하게 된 18살 사토루를 두고도 요스케의 후배겠거니 싶어 방치하지만, 알고 보니 그는 미라이가 술김에 데려온 아이였을 뿐이다. 정말이지 헛웃음이 절로 나오는 한심한 인생들이다.

동거인들의 이름으로 이루어진 각 챕터의 제목 그대로 이야기는 각 캐릭터에게 번갈아 시선을 할애하고, 그런 와중에도 이들의 공동생활은 시종 유쾌한 톤을 유지한다. 수상한 옆집이 실은 매춘을 알선하는 것 아닌가 의심해 굳이 시간과 돈을 써가며 내막을 캐질 않나, 고장 난 TV를 두고도 새것을 사기는커녕 누가 더 잘 두드려 고치나를 두고 경쟁을 벌이기 일쑤다.

그러나 우스꽝스러운 일상으로 내내 눙치다가도 각 인물의 챕터로 들어가는 순간 결코 드러내지 않았던 각자의 고뇌와 충동이 슬그머니 고개를 든다. 그리고 각 인물의 속내가 드러날 때마다 깨닫게 된다. 이들 모두는 한껏 좋은 친구를 가장해 모든 생활과 과거까지 공유하며 진득한 우정을 쌓아가는 것 같지만 정작 중요한 것은 서로 전혀 모르고 있다는 것을. 아직 18살이라며 어린 사토루를 걱정하지만 그가 어떤 '밤일'을 하는지까지는 그다지 중요치 않다. 얼핏 완벽해 보이는 이들의 동거 생활조차 한시적인 것에 불과하다. 유스케는 졸업하면 곧바로 귀향할 생각이고, 미라이는 충동적으로 하와이에 정착하고자 한다. 게다가 실은 피상적인 관계를 유지할 뿐이라는 흔한 메시지로 수렴되는 듯하더니 끝내 이마저도 뒤엎는 충격적인 범죄를 통해 결말부에선 기어이 격렬하게 폭발하고야 만다.

청춘들의 무책임한 일상을 코믹하게 나열하는 사이 조금씩 내비치는 도시 청춘들의 슬픔과 고독은 유쾌한 기운 덕에 오히려 음습한 느낌이 곳곳에서 배어난다. 은근한 코미디를 앞세우지만 실은 불온한 암시처럼 자리한 '가면놀이'가 작품 어디건 절묘하게 숨어 있기 때문이다. 일찍이 대중소설가 야마모토 슈고로가 "문학에는 순純도 불순不純도 없으며, '대중'과 '소수'도 없다. 그저 좋은 소설과 나쁜 소설이 있을 뿐"이라고 했던 대로, 실로 인간의 심연으로 뛰어든 '좋은 소설'의 표본과도 같은 작품이다.

드라마로 일어서서
스릴러로 내달리기

「아홉 명의 완벽한 타인들」

리안 모리아티

새해가 되면 누구나 다른 내가 되리라 마음먹곤 하지만, 사람은 그리 쉽게 바뀌지 않는다. 단단히 각오했다 한들 끝까지 해내는 것도 쉬운 일이 아니고. 괜히 작심삼일

이란 말이 있겠는가. 그래서 현대인은 대개 타인에게 자신의 변신을 위임한다. 적당한 돈만 지불하면 온갖 분야의 전문가들이 당신이 원하는 변신을 강제하는 것이 얼마든지 가능한 세상이니까. 〈아홉 명의 완벽한 타인들〉의 무대인 '평온의 집' 또한 그런 사람들의 바람과 호기심을 한껏 자극한 사업 아이템 중 하나다. 몸과 마음을 치유하는 건강휴양지로 이름을 알려가는 이곳에서 열흘간 정해진 프로그램에 따라 생활한다면 이제까지 자신을 짓누르던 마음의 짐을 모두 내려놓을 수 있을 것만 같다. 평온의 집이 준비한 열흘은 명상, 요가, 태극권, 마사지, 상담 등의 일과로 꽉 채워져 있다. 반면 스마트폰을 비롯한 외부와의 통로는 일절 차단된다. 맞춤형 식단이 제공되는 만큼 당연히 알코올도 금물. 그런 열흘간의 금욕 생활을 스스로 선택한 아홉 명은 모두가 각자 원하는 바를 얻어갈 수 있으리라 생각하나 그 기대는 첫날부터 완전히 무너진다.

처음 아홉 명의 손님에게 강요되는 것은 침묵이다. 그것도 가족 단위, 부부끼리 온 일행 사이에서조차 허락되지 않는 이 강력한 묵언 수행은 무려 닷새나 계속되어야 한단다. 더욱이 몰래 챙겨 온 와인을 휴양소 측이 멋대로 가방을 뒤져 압수하기까지 했으니 사람들이 반발하는 것은 너무나도 당연해 보인다. 하지만 소요는 금세 수습되고 평온의 집과 손님 간의 대결로 치달을 거라 생각했던 독자의 예측은 완전히 빗나간다. 오히려 그 이후부터는 침묵의 시간을 빌려 아홉 명 각자의 상처를 세심하게 더듬으며 아홉 편의 드라마를 쌓아간다.

중년의 로맨스 소설가 프랜시스는 최근 은퇴를 고려 중이다. 그러나 창작의 고통 정도로 생각했던 상처는 실은 사기 연애로 돈과 마음을 모두 잃은 진짜 아픔을 향한다. 갑작스러운 이혼에 당황하며 마음을 추스르기 바빠 보였던 토니에겐 왕년 스포츠 스타로 이름을 날리던 과거가 소환되면서 그의 인생에 새겨진 후회의 기억을 재차 소환한다. 가족을 잃은 슬픔을 안고 모인 세 가족에게 죽음의 의미는 각기 다르다. 그리고 마침내 밝혀지는 그 죽음의 진실은 이들 각자가 감춘 슬픔에 정교하게 다가선다. 그러니 어쩌면 이들 아홉 명에게 강요된 침묵이야말로 자기 자신과 맞닥뜨리는 기회처럼 보일 법도 하다. 그만큼 이들 하나하나의 드라마는 충분히 공감할 만한 데다 시간을 두고 조금씩 침잠하는 덕에 그 깊이 또한 상당하다.

하지만 그 와중에도 불온한 분위기가 곳곳에서 고개를 든다. 이곳의 독재자처럼 군림하며 이들을 자신의 방식대로 새로 태어나게 만들어야 한다는 비뚤어진 사명감으로 무장한 누군가 때문이다. 그래서 드라마가 깊이를 더해갈수록 서스펜스는 언제라도 거기에 더 큰 상처를 낼 준비가 되어 있는 듯 보인다. 이윽고 중반 이후, 이용자들의 동의 없이 환각 치료가 시작되면서부터는 아슬아슬 유지되던 균형에 본격적으로 균열이 일면서 이들을 거침없이 몰아붙인다. 재미있는 것은 끝내 이들을 연대케 하는 불가해한 상황들이 진중한 드라마와 직조되면서 스릴은 점증하는 것이 아니라 아예 배가한다는 점이다. 변화를 미끼로 내세운 평온의 집의 실상만큼이나 드라마와 스릴러가 서로를 겨누고 재차 뒷받침하면서 결말까지 예상치 못한 변신이 연신 휘몰아친다.

복수라는 엔터테인먼트

「그레이맨」

이시카와 도모다케

모든 복수극에는 인생 전부를 복수에 투신한 자가 복수라는 절대 목적에 의해 서서히 망가지는 과정이 담겨있다. 더불어 복수가 또 다른 복수를 낳는가 하면, 대개

복수가 완성된 후 남는 건 허망함뿐이라는 결론을 이끌어내기 일쑤다. 법의 테두리 밖에서 벌어지는 사형私刑의 필요성을 감정에는 호소할지언정 결코 정당화될 수 없다는 것을 분명히 하는 것이다.

물론 복수극에는 이 모든 걸 넘어서는 요소가 하나 더 있으니 바로 인과응보, 즉 응징의 쾌감이다. 법질서조차 어찌할 수 없는 악인을 벌하는 것은 누구나 공감하고 바라는 결말이다. 그렇기에 스스로를 망가뜨리는 험난한 과정과 그에 따른 고뇌는 복수의 정당성에 힘을 더할 뿐 아니라, 허무한 결말을 향해 기어이 완전연소를 택한 이를 이해하고 또 응원하게 만든다. 게다가 사회와 시스템에 대한 불신이 깊어질수록 법을 비껴간 복수극에 더욱 힘이 붙는 것은 너무나도 당연한 이치다.

히어로 혁명극 〈그레이맨〉이 복수라는 인류 공통의 공감대를 기저에 둔 것은 이런 이유 때문이다. 사회를 변혁하려는 의지를 대의에서 찾는 게 아니라 장을 거듭하면서 차츰 개인적인 복수심으로 수렴함으로써 더더욱 진득한 공감을 더하기 위함이다. 우선 제1장에서는 가출 소녀들을 유인해 성매매를 알선하는 비밀 클럽을 그린다. 소녀 사유리가 이곳이 단순한 성매매의 장이 아니라 사람의 목숨을 사고파는 곳임을 깨닫게 되기까지의 위기는 추악한 현실을 십분 극대화한다. 결국 사유리는 회색 정장을 입은 의문의 남자에게 구출되고, 고위층 인사들의 지저분한 욕망으로 구축된 이곳은 곧 완전히 와해된다. 이후 제1장과는 전혀 상관없어 보이는 사건들이 '회색 남자'의 주도에 의해 장마다 다채롭게 전개되면서 점차 그의 큰 그림이 드러난다.

회색 남자, 통칭 '그레이'의 목적은 부를 재분배해 사회가 방치하다시피 한 약자들을 구원하고, 나아가 현 세계에 '복수'하는 것이다. 그가 벌이는 일련의 범죄행위 역시 의적, 테러, 혁명 등 과거 수없이 반복되었던 소재와 정확히 맞닿는다. 하지만 사유리 같은 버림받은 약자들을 구원해 동료로 삼고, 부자들의 돈을 모종의 투자회사로 끌어들여 공중분해시키고, 은행과 보석전을 습격하고, 조폐공장을 파괴하는 그레이 일당의 행위가 핍진한 상상력에 기반을 두고 있다 말하기는 어려워 보인다. 좋게 말해 낭만적이고, 좀 더 삐딱하게 보면 닳고 닳은 메시아 판타지에 가깝다. 그러나 기득권을 향한 날선 비판, 즉 사회가 보호해주지 못해 망가진 자신의 인생과 부패한 기득권을 대비시키고, 이를 일본 사회에 대한 전복으로 여러 번 다잡는 방식에는 어쩐지 쉽게 공감하게 된다. 누군가의 가족은 유희로 살인을 일삼던 사람들에게 스러졌지만 그에 대한 처벌은 한없이 가벼웠으니까. 또 연간 3만 명 넘는 사람들이 단지 돈이 없어 자살로 내몰리는 현실이 언급되는 순간 자연히 힘을 얻기도 한다. 그것만으로도 가공의 판타지는 악인을 엄벌하고 세상을 심판하는 쾌감과 정확히 맞닿는다. 다소 감정적이지만 복수란, 인과응보란 원래 그런 것이기도 하니 말이다.

〈그레이맨〉은 제2회 골든 엘러펀트상 대상 수상작이다. 한국, 일본, 미국, 중국 소재 네 출판사가 함께 새로운 엔터테인먼트 소설을 발굴하기 위해 만든 상으로, 대상 수상작은 곧바로 4개 국어로 출간된다. 아마도 세계인이 공감할 만한 이야기란 결국 이런 이야기일 것이다. 부패한 사회를 개혁하는 것, 약자들이 연대해 강자에 대항하는 것, 복수에 모든 인생을 내걸고 가족을 해친 이에게 끝내 내 손으로 복수하는 것. 신인 이시카와 도모다케의 엔터테인먼트는 다소 거칠고 투박한 판타지에 가깝지만, 그 전략만큼은 충분히 성공적이다.

누구도 알 수 없는 부부의 세계

「비하인드 도어」

B. A. 패리스

스릴러의 관점에서 바라본 결혼 생활은 대개 '비밀'에 초점이 맞춰져 있다. 그중에서도 부부 사이의 속사정일랑 아무도 알 수 없다는 것이 대표적이다. 이는 가공의 스

릴러 장르에만 적용되는 이야기라기보다는 결혼에 관한 공공연한 불문율에 가까운 탓에 얼마든지 상상력을 가미해도 대개는 그럴듯하게 느껴질 정도다. 잉꼬부부를 연기하던 커플이 순식간에 파경에 이르는 일은 더 이상 특별한 사건도 아니지 않은가. 집 안의 문이 닫힌 순간 우리는 아무것도 알 수 없다. 그 안은 그야말로 '부부의 세계'일 뿐이다.

　B. A. 패리스 또한 완벽해 보이는 커플에게 영감을 받아 데뷔작 〈비하인드 도어〉를 집필했다. 그가 모티브를 얻은 커플의 모습 그대로, 이야기는 모두가 부러워할 만한 부부 잭과 그레이스가 자신의 집으로 이웃을 초대해 저녁 식사를 하는 것으로 시작한다. 그레이스가 한 요리는 나무랄 데 없고, 인테리어는 어느 하나 칭찬하지 않을 수 없을 만큼 훌륭하다. 남편 잭은 지금까지 단 한 번도 패소한 적 없는 유능한 변호사이며, 더욱이 조지 클루니를 연상시킬 만큼 잘생겼다. 자상한 남편 잭과 사랑받는 아내 그레이스는 이웃들이 말하는 그대로 완벽한 커플의 표본처럼 보인다. 그래서 더 수상하다. 특히 그레이스의 일인칭시점으로 전개되는 상황과 심상에는 매 순간 잭의 눈치를 보는 그레이스의 불안한 심리가 더해져 이질감을

자아낸다. 손님들이 저녁 식사 내내 칭찬하며 입에 올리는 수사인 '완벽'에 그는 더더욱 진저리를 치는 듯 보이니 말이다.

비밀은 저녁 식사 이후부터 이어지는 '현재' 챕터와 잭과의 만남부터 신혼여행을 그린 '과거' 챕터가 교차하며 곧 드러난다. 다정한 남편 잭은 실은 가학적인 사이코패스였으며, 그가 결혼한 이유는 처음부터 그레이스를 자신의 비뚤어진 지배욕을 충족시킬 대상으로 삼기 위함이었다. 심지어 잭은 그레이스에게 직접적인 폭력은 사용하지 않으며, 성적인 욕망도 품지 않는다. 그저 "공포의 냄새"를 즐길 뿐이다. 그가 주로 사용하는 방법은 감금. 이후 자주 굶기고, 읽을거리를 비롯한 모든 도락을 빼앗은 채 오로지 복종만을 바란다. 사람들과의 불가피한 접촉 역시 잭에겐 잘 짜인 연극이자 또 다른 놀이처럼 보인다. 무작정 낯선 이에게 도움을 청하는 것도 무의미하다. 잭은 자신의 아내를 언제든 정신병으로 몰 준비가 되어 있으니까. 그중 그레이스를 옭아매는 가장 근원적인 볼모는 다운증후군을 가진 동생 밀리다. 잭은 기숙사 학교에 다니는 밀리를 미끼로 자매의 만남을 유예하고 머지않아 셋이 동거할 시 밀리에 대한 학대까지 예고하면서 아내를 심리적으로 꽁꽁 묶는다.

과거와 현재가 교차하는 가운데 그레이스는 잭에 의해 여러 번 절망의 구렁텅이로 빠진다. 게다가 잭은 일부러 달아날 통로를 만들어두고 함정을 설치해 그레이스로 하여금 더욱 절망토록 한 뒤 그 모습을 즐기는 치다. 물론 완전한 절망에 빠진 것처럼 위장한 그레이스가 다시금 최후의 수단을 강구하면서 여러 번 낙담하는 와중에도 실낱같은 희망 또한 함께 고개를 든다. 한 사람을 이토록 완벽히 고립시키는 것이 가능할까 의문이 들 만큼 상황을 정교하게 구성한 것은 아니지만, 위기를 타개하는 듯하다 좌절시키고 결국 의외의 돌파구를 내는 과정 하나하나가 주는 서사적 쾌감만큼은 충분히 만족스럽다.

특히 잭과 그레이스의 공방이 온전히 부부라는 은밀한 벽 안에서 이뤄져 꽤 신선한 재미를 준다. 즉, 이들의 싸움에 공권력은 개입할 수 없으며 모두에게 진실을 알리는 방법 또한 결코 없다는 것을 인정한 다음 벌어지는 특별한 게임이야말로 이 작품의 묘미다. 너무나 완벽하기에 자아내는 이물감처럼 비밀의 사투가 허황된 듯 핍진하게 다가오는 투박하고도 독특한 스릴러다.

사이코패스의 마음속으로

「스켈리튼 키」
미치오 슈스케

넷플릭스 드라마 〈마인드 헌터〉는, 연쇄살인범serial killer이라는 말을 처음 만들고 프로파일링profiling 기법을 도입한 FBI 행동과학부의 연구 및 수사 과정을 그린다.

배경이 1970년대인 만큼 여러 살인범들을 인터뷰하며 그들의 행동 방식을 이해하려는 행동과학부의 시도는 꽹장히 급진적인 것으로 받아들여진다. 우선 이들은 거의 매번 그게 무슨 의미가 있냐는 본질적인 편견과 맞닥뜨리곤 한다. 그저 미치광이가 벌인 짓인데 도대체 무엇을 이해하겠다며 그 인간 이하의 것들을 상대하느냐는 것이다. 또 모든 가능성을 열어둔 채 이를 하나하나 검토하는 것이 수사의 기본이거늘 범인의 프로필을 압축해 가능성을 제한하는 프로파일링이 영 마뜩잖은 수사관들은 도처에 있다. 그중 가장 높은 장벽은 사이코패스에 대한 몰이해다. 심지어 이는 주인공 홀든 포드 요원 역시 때때로 간과하는 부분이기도 하다. 제 발로 감옥에 들어온 살인마 에드 캠퍼는 그에게 말한다. 당신이 알고 있는 것은 전부 붙잡힌 사람들에게서 얻은 지식 아니냐고. 당신이 잡으려는 놈들은 아직 잡지 않은 사람들이라고 말이다.

그 말 그대로 사이코패스는 여전히 미지의 존재다. 그럼에도 우리는 뉴스와 여러 창작물을 통해 너무나도 빈번히 맞닥뜨린 탓에 때때로 그들을 전부 안다고 착각하곤 한다. 〈스켈리튼 키〉는 사이코패스에 대한 이러한 편견과 그간의 연구를 정밀하게 직조해 '상상 속의 괴물'을 현현한다. 물론 이 작품 역시 '그들'에 대한 면밀한 탐구서라고는 할 수 없을지 모른다. 이는 사이코패스 성향이 유전된다는 가정(혹은 사실)에 기반해 수 명의 사이코패스들이 악다구니를 벌이는 이야기가 결국 가공의 액션 스릴러에 방점을 찍고 있는 탓이다. 그럼에도 실제 연구 결과를 동원해 그려낸 사이코패스 캐릭터의 갈등은 탁월한 드라마를 이루며 인물과 이야기에 깊이를 더한다. 사실 작품 후반부 서로 죽고 죽이는 클라이맥스보다도 이 부분이 훨씬 흥미롭게 다가온다.

사카키 조야는 특종을 쫓는 기자를 도와 유명인을 미행해 사진 찍는 일로 먹고사는 19세 청년이다. 어릴 적 고아원에서 생활할 때부터 종종 또래와는 다른 이상행동을 보이던 그는 자신이 사이코패스임을 일찍감치 인지하고 있다. 쉽사리 남에게 공감하지 못하며, 공포를 느끼는 빈도 또한 낮다. 특히 보통 사람보다 심박수가 현저히 낮은데 긴장하거나 흥분했을 때조차 심박수는 거의 증가하지 않는다. 조야는 어릴 적 자신을 임신한 어머니가 괴한에게 총을 맞아 사망했을 때 몸에 박힌 총알의 납 성분이 태아의 정신에 영향을 끼친 게 아닌지 등을 의심하면서 끊임없이 자신에 대해 고민한다.

그러나 이러한 고민이 무색하게 그는 계속해서 살인을 벌인다. 어머니를 죽인 이에 대한 복수로 시작해 그가 살인범임을 알아차린 이를 차례로 제거하면서 이야기는 사이코패스에 대한 독자의 선입견을 부러 부추긴다. 그러다 살인의 진상은 작품 중반 새로운 인물이 등장하면서 완전히 뒤바뀐다. 마치 전반부가 조야의 성장 과정과 내면에 할애한 사이코패스 탐구였다면, 중반부터는 각각의 사이코패스가 각자의 이해관계와 불가해한 감정에 근거해 대적하는 액션 장르로 완전히 전환된 느낌마저 받을 법하다.

작가 미치오 슈스케는 그간 호러와 미스터리부터 인간 내면에 집중한 순문학 스타일의 소설, 심지어 이와는 전혀 다른 밝은 분위기의 엔터테인먼트 소설 등 여러 타입의 장르소설을 집필한 작가다. 그런 의미에서 〈스켈리튼 키〉는 작가의 장기가 복합적으로 뒤섞인 작품으로 읽힐 만하다. 사이코패스를 선천적인 괴물로 묘사하는 데 그치지 않고 이러한 성향을 제어하는 인물과 마침내 이를 반전의 트릭으로까지 활용한 면면이 재미와 의미를 모두 아우른다.

04
공포와 초현실의
심연 속으로

#호러

#기담

#괴담

#호러_미스터리

#초자연현상

#서바이벌

너무나 부조리하고
너무나도 합리적인

「일곱 명의 술래잡기」

미쓰다 신조

　　한밤중 무료 상담전화인 '생명의 전화'에 이상한 전화
가 걸려온다. 한참의 침묵 후 "다~레마가 죽~였다"라는
어린아이의 음산한 노랫소리가 들려오고, 잠시 뒤 아이

목소리 대신 성인 남자의 목소리가 등장한다. 전화를 받은 상담원은 혹시 유괴된 아이가 몰래 유괴범의 휴대전화라도 만진 게 아닌가 의심하며 남자의 이야기를 경청한다. 하지만 남자는 아이의 존재에 대해 전혀 알지 못하며 오히려 '생명의 전화'의 본래 목적 그대로 명백한 자살 징후만 드러낼 뿐이다. 이곳으로 전화하기 전 남자는 어렸을 적 친구들과 어울려 놀던 추억의 장소에서 매일 친구 한 명에게 전화를 걸어 그가 받지 않으면 자살하겠다 마음먹었다고 고백한다. 그런데 운이 좋다고 해야 할지 월요일부터 금요일까지 다섯 명의 친구 모두 전화를 받아 지금까지 목을 매지 못했으며, 이제는 마땅히 전화할 친구도 없어 마지막으로 '생명의 전화'로 자신의 목숨을 시험했다는 것이다.

곧 상담원은 남자와의 긴 대화를 토대로 장소를 특정하고, 그의 자살을 막고자 담당 공무원들이 출동한다. 그러나 그곳에는 남자의 혈흔과 소지품만 남아 있을 뿐 시체는 발견되지 않는다. 이윽고 아이의 노랫소리가 들리는 기이한 전화가 신호라도 되는 양 남자와 통화했던 그의 소꿉친구들이 차례로 살해당한다. 모두 아이 목소리의 전화를 받은 뒤 일어난 일이다. 30년 전 어울려 놀던 단짝 친구들의 목을 죄어오는 연쇄살인범은 누구일까? 아니, 정말로 인간의 힘으로는 어찌할 수 없는 저주 때문일 것일까?

〈일곱 명의 술래잡기〉의 작가 미쓰다 신조는 일본의 대표적인 호러 미스터리 작가다. 사실 '호러 미스터리'라고 하면, 작중 사건의 진상을 파헤치는 호러 미스터리 작가 하야미 고이치의 설명 그대로 의미부터가 반어적이다. 호러는 부조리한 이야기를 다루는 반면 미스터리는 이성과 논리를 바탕 삼아 부조리한 사건을 합리적으로 정련하는 이야기이기 때문이다. 그러나 미쓰다 신조는 호러와 미스터리라는 두 장르의 장점을 고루 활용하면서 사건의 내막을 파헤치는 내내 둘 사이에서 유연한 줄타기를 선보인다. 우선 연쇄살인이 초자연적 존재에 의한 것이라는 불온한 분위기를 끊임없이 피우는 동시에 남자의 전화를 받은 상대 가운데 범인이 있을 수밖에 없다는 본격 미스터리 특유의 소거법을 절묘하게 아우른다. 게다가 공포의 근원 또한 미스터리의 해답으로 수렴하며 마침내 이는 잊고 있던 유년의 기억으로 형상화된다. 자기방어 본능에 의해 일부러 기억 깊숙한 곳에 잠가둔 흉측한 사건의 진상을 떠올리면서 연쇄살인의 원인 또한 불가사의한 저주의 기운을 안고 보다 내밀한 진실을 향한다.

아이가 부르는 노래의 가사 "다레마가 죽였다"는 본래 '다루마가 굴렀다'로, 우리식으로 말하면 '무궁화 꽃이 피었습니다' 놀이를 가리킨다. 술래가 등을 돌리고 문구를 외는 사이 나머지 인원들이 몰래 움직이는 옛날 그 놀이 동안 여섯 명의 '친구'가 아니라 일곱 번째 '동료'가 있었다는 사실은 떠올릴 수 없었던 기억의 공포에 한정되지 않는다. 보통 구전 가사나 설화 같은 민속학에 괴담을 접목하는 미쓰다 신조의 소설은 이 작품 안에서도 불분명한 가사가 담보한 진실, 미지의 살인범과 오래전 쇠락한 명문가의 음습한 소문, 인간의 힘을 넘어선 저주와 그에 따른 공포와 죄책감을 마구 휘돈다. 끝내 진범의 정체를 정확히 규명하면서도 다른 한편으로는 여러 가능성을 열어둔 미쓰다 신조 특유의 결말은 추리 게임을 더욱 예리하게 만들 뿐 아니라, 살의라는 인간의 가장 강력한 감정을 공포와 미스터리의 요소로서도 첨예하게 활용한다. 과연 너무나도 부조리하고 너무나도 합리적인 이야기다.

릴레이로 빚어낸
괴담 미스터리의 정수

「쾌: 젓가락 괴담 경연」
미쓰다 신조, 쉐시쓰, 예터우쯔, 샤오샹선, 찬호께이

〈쾌: 젓가락 괴담 경연〉은 일본, 대만, 홍콩의 다섯 작가가 젓가락 괴담을 주제로 집필한 작품집이다. 제목의 '경연競演'이 내세우는 그대로 삼국의 작가들이 젓가락이

란 다소 협소한 소재를 각자 얼마나 특별한 상상력으로 구현했는지 기대할 법하다. 그러나 실은 옴니버스 그 이상으로, 굳이 '경연'을 덧붙인 것 역시 독자의 선입견을 이용한 교묘한 장치에 가깝다. 뜻밖에도 다음 작품으로 넘어갈 때마다 경연보다는 협연에 가까운 진짜 정체가 드러나는데, '젓가락님'이란 초상현상으로 하나의 세계를 이루는 하모니는 그래서 더더욱 괴담과 미스터리의 매력을 십분 배가한다.

첫 테이프를 끊은 미쓰다 신조의 '젓가락님'은 매일 밥에 젓가락을 꽂고 84일간 소원을 빌면 이루어진다는 아이들의 장난 같은 의식을 다룬다. 의식을 거듭하면 어느 순간 '젓가락님'이 화답하는데 그 증거로 소원을 빈 사람의 팔에는 물고기 모양의 붉은 모반이 나타나면서 괴상한 꿈을 꾸게 된다. 꿈속에서 그는 날마다 어떤 교사校舍에서 깨어난다. 그곳엔 아홉 명의 동급생이 있고 꿈을 꿀 때마다 한 명씩 차례로 살해된다. 꿈이 암시하는 불길한 징조는 소원에도 불온한 기운을 더하며 괴담 특유의 충격적인 결말로 마무리된다.

처음엔 일본의 대표적인 호러·미스터리 작가인 미쓰다 신조치고 조금은 싱겁고 무난한 이야기처럼 느껴졌던

게 사실이다. 특유의 기괴한 분위기는 충분히 즐길 만했지만 과연 이어지는 작품과 '경연'을 벌일 만한 수준인가 의문이 들었던 것이다. 실제로 이어지는 쉐시쓰의 '산호 뼈'는 학창 시절 산호로 만들어진 젓가락을 지니고 다니던 동급생의 이야기를 퇴마 전문 도사에게 상담하는 형식으로써 훨씬 눈길을 끈다. 대대로 전해진 산호 젓가락에 '왕선군'이라는 신이 깃들어 있다고 믿는 동급생은 늘 자신의 불행을 젓가락에 투사했는데, 산호 젓가락을 숨김으로써 그를 해방해주려 했던 여자의 내밀한 고백이 마침내 화해와 치유로 끝을 맺는다. 학창 시절의 아련한 감각에 영적 세계를 직조한 분위기는 이미 대만 대표의 손을 들어주기 충분했다. 이어지는 예터우쯔의 '저주의 그물에 걸린 물고기'는 밥에 젓가락을 꽂은 '각미반' 저주가 실은 한 유튜버 그룹이 창작한 기담임을 라이브 방송에서 고백하는 순간 그중 하나가 사망한다. 두 작품 모두 저주는 가짜여도 인간의 악의만큼은 진짜라는 말로 내내 불편한 진실을 좇는다.

　네 번째 작품인 '악어 꿈'은 이 작품집의 백미로, 몇 가지 외에 특별한 접점이 없던 모든 작품들을 하나로 꿴다. 마치 작가 샤오샹선이 젓가락 괴담의 실체를 뒤쫓는 메타픽션 형식을 취하면서 앞선 작품들을 하나의 원천으로 수렴할 뿐 아니라, 첫 작품인 '젓가락님'의 꿈속 사건에도 정확한 진실을 부여한다. 무엇보다 민며느리제의 희생자로 보이는 누군가의 처절한 고백이 앞선 캐릭터들과 매칭되는 순간 만들어내는 충격은 실로 대단하다.

그러니까 다른 작품의 절반도 되지 않는 분량의 '젓가락님'은 실은 이어지는 작품의 토대였던 것이다. 게다가 마지막 찬호께이의 '해시노어'가 앞 작품의 속편 혹은 후일담을 자처하면서도 모험소설과 판타지 장르를 표방하는 그대로, 작품의 결은 제각각이지만 괴담에 숨겨진 의미에 접근하는 태도는 모두가 괴담 미스터리 장르의 정수를 자처할 만하다. 점과 점이 만나 선이 되고 면을 이루고 마침내 면과 면이 맞닿아 3차원이 되듯, 작가들의 뛰어난 역량으로 빚어낸 릴레이 소설이 온전히 새로운 세계를 만들어냈다.

한반도 식인 아포칼립스

「인 더 백」

차무진

알다시피 한반도 멸망 시나리오는 수 가지에 이른다. 핵전쟁이 그 첫 번째일 테고, 백두산 폭발로 말미암은 대재해 역시 영화로도 구현된 바 있듯 이제는 간과할 수 없

는 이미지로 남게 됐다. 하지만 그다음이랄 수 있는 한반도 종말 이후에 대한 이야기는 상대적으로 찾기 힘든 편이다. 포스트 아포칼립스 장르, 즉 영화 〈매드 맥스〉 시리즈나 〈설국열차〉(2013)처럼 현대 문명이 완전히 몰락한 이후 살아남은 극소수 인간들의 생존과 다툼을 지금 우리의 미래로 가정하고 작품의 무대로 설정하면 더더욱 흥미로울 텐데도 말이다. 늘 위험과 맞닿아 있다는 듯 공포를 조장하기 일쑤인 우리 사회가 막을 내린 후에는 과연 어떤 종류의 야만, 어떤 새로운 질서가 도래할까?

〈인 더 백〉은 코맥 매카시의 〈로드〉와 마찬가지로 종말 이후 한 남자와 아이의 여정을 한반도 위에 펼쳐놓는다. 백두산이 폭발하고, 남쪽으로 피난 가는 사람들 사이로 폭격이 시작되고, 왜 발발했는지조차 불분명한 전쟁으로 말미암아 바이러스가 창궐한다. 이 바이러스에 감염된 사람들은 얼마간의 잠복기를 거친 후 인육을 섭취해야만 살아갈 수 있는 신체 구조를 갖게 된다. 그렇다고 좀비처럼 자아를 잃은 채 오로지 인육만 탐하는 존재로 돌변하는 것은 아니다. 정신은 지극히 온전한 상태로, 그저 인육을 섭취해야만 하는 새로운 본능이 생겼을 뿐이다. 이윽고 식인 바이러스에 잠식당한 사람들은 시체를 차지하기 위해 악다구니를 벌이고, 사람을 사냥하고, 심지어 '정육 시스템'을 구축하면서 좀비보다도 무서운 인간의 밑바닥을 훤히 드러낸다. 감염자들을 피해 대구로 향하는 비감염자 동민은 여섯 살 아들 한결을 가방에 숨긴 채 그렇게 인간이라는 이름의 절망으로부터 내내 발버둥 친다.

여타의 포스트 아포칼립스 장르와 달리 〈인 더 백〉의 주인공 동민은 세계를 구원하는 영웅적인 인물이 아니다. 문자 그대로 '먹잇감'에 불과한 아이를, 제목처럼 '배낭 안'에 넣고 이동하는 가운데 가까스로 목숨을 부지할 따름이다. 동민이 맞닥뜨리는 순간순간은 강건한 부성애의 승리라기보다는 늘 평범한 소시민의 발악에 가깝게 그려진다. 각성제에 의존해 죽은 아내의 환각과 교감하는 위태로운 모습은 동정을 자아내고, 세상이 멸망하기 전 가난한 작가이자 배관공으로 연명하던 비루한 현실마저 대구를 이루면서 처연함은 더욱 배가된다. 어렵사리 동민이 식량을 수급하는 과정은 매 순간 세밀하게 묘사되고, 화상 입은 아들을 부지런히 간호하는 행동 또한 여러 차례 반복되면서 절망적이고도 먹먹한 분위기는 끊임없이 고조된다.

한국이라는 공간 역시 특별하게 작동한다. 일례로 동민이 남으로 향할수록 바이러스를 퍼뜨린 것은 북측이 아니라 오히려 남한 정부라는 주장에 점점 힘이 실린다. 그동안 자신들의 이념을 주입하는 데 실패한 우파가 이 기회를 통해 북을 적대시함으로써 국민을 쉽게 포섭하는 것이 식인 바이러스를 살포한 진짜 목적이라는 것이다. 실제로 군대는 독자적으로 움직이며 감염자들을 압제한다. 게다가 이런 정부군에 대항하는 반군마저도 동민에겐 또 다른 지옥에 불과하다. 결국 이념에 의한 편 가르기가 종말의 공범 정도로 자리한 모양새니 너무나 '한국적'이어서 지극히 생경하기까지 하다.

특히나 주목할 만한 부분은 결말부다. 대부분의 종말물이 결국 야만 속에 피어난 인간성에 손을 들어주는 것과는 달리 오히려 부성애나 휴머니즘과는 조금 어긋난, 작품의 절대적인 기조마저 뒤집는 반전에 열린 결말까지 더했기 때문이다. 우선 한국이어서 흥미로웠지만 기어이 안전한 도착지마저 회피한 채 도전에 도전을 거듭하는 태도야말로 가장 흥미로운 지점이다.

한국 고전문학, 좀비로 새로 읽기

「좀비 썰록」

김성희, 전건우, 정명섭, 조영주, 차무진

조지 로메로 감독이 〈살아있는 시체들의 밤〉(1968)에서 훗날 좀비라 명명되는 이형적 존재를 소환한 것이 벌써 50년도 전의 일이다. 하지만 영화 〈부산행〉(2016)이

1100만 관객을 모으기 전까지만 해도 이 땅에서 좀비는 꽤나 낯선 '괴물'이었다. 끽해야 호러 마니아들의 괴상한 전유물에 불과했다. 하지만 로메로 감독이 〈시체들의 새 벽〉(1978)에서 소비만능주의에 중독된 이들을 대형 쇼핑몰 안에 갇혀 비척거리는 시체로 전시한 이후, 좀비는 호러 장르 밖으로 마구 뛰쳐나갔다. 자아도 의지도 없이 움직이면서도 끊임없이 살아 있는 인간의 피와 살과 뇌를 탐하는 존재라니, 어쩐지 실존한다기보다는 실존주의에 대한 은유로 보이기 충분했던 탓이다. 게다가 한 명이 두 명이 되고, 두 명이 곧 네 명이 되는 전염성은 인류가 종말로 향하는 와중 맞닥뜨릴 가장 효율적인 시나리오로 보기에도 충분했다. 그 결과 오늘날 좀비는 재난 영화로, 종말물로, 코미디로, 심지어 로맨스와 역사극으로까지 진출했다.

그중 최근의 새로운 성과라 하면 대부분 넷플릭스 드라마 〈킹덤〉이 조선시대에 좀비를 풀어놓고 '왕좌의 게임'을 벌인 것을 첫손에 꼽겠지만, 익숙한 한국 고전문학을 좀비와 이종교배한 〈좀비 썰록〉 또한 이에 못지않은 소설집이다. 다섯 작가의 앤솔러지 〈좀비 썰록〉이 좀비의 무대로 선택한 한국문학은 송강 정철의 〈관동별곡〉, 김시

습의 한문소설 〈만복사 저포기〉, 주요섭의 〈사랑손님과 어머니〉, 현진건의 〈운수 좋은 날〉, 황순원의 〈소나기〉다. 의외의 포진부터 우선 흥미를 돋우지만, 교과서에도 실린 이 작품들 어디에 좀비가 비집고 들어갈는지 의아해하던 순간 좀비와 결탁해 원작을 전복하는 재기가 더욱 눈부시다. 일찍이 세스 그레이엄 스미스가 〈오만과 편견 그리고 좀비〉를 통해 보여주려 했던 장르 전복에의 쾌감이 더욱 정교하게 다듬어진 모양새다.

국어 수업 시간, 교사가 학생들에게 이야기보따리를 풀어놓는 형식으로 구성된 '관동행'은 정철이 관동 관찰사로 부임하는 내용이 담긴 〈관동별곡〉 도입부에 조선 전역에 창궐한 좀비의 뒷이야기를 덧댄다. 좀비가 가까이 오면 알레르기를 일으키는 이상체질을 지닌 정 대감이 자신의 까다로운 미각을 무기 삼아 식솔들과 함께 좀비 치료제인 김치를 만들기까지의 우여곡절이 시종일관 흥미로운 너스레처럼 이어진다. '만복사 좀비기'는 본디 명혼소설冥婚小說인 원작의 귀신 자리에 좀비를 갖다 놓는다. '피, 소나기'는 죽은 소녀가 소년과의 한때를 기억하지 못한 채 부활해 다시금 어른들의 눈을 피해 소년과 기이한 추억을 쌓는 과정을 원작의 톤을 빌려 아련하고도 그로테스크한 감각으로 형상화한다. 현진건의 〈운수 좋은 날〉의 현대판이자 좀비 버전, 결말부에선 아예 후신을 자처하는 조영주의 '운수 좋은 날'의 예측 불허 패러디와 위트도 무척 즐겁다. 특히 전건우의 '사랑손님과 어머니, 그리고 죽은 아버지'에서는 시댁과 시대에 억눌렸던 옥희 어머니가 차츰 욕망의 화신으로 거듭나더니 좀비가 출현하면서부터는 아예 익숙한 원작의 기저를 완전히 뒤집어버린다. 마침내 승리자로 거듭난 옥희 어머니가 낫으로 좀비들의 목을 뎅겅뎅겅 쳐내는 클라이맥스는 가히 이 단편집의 성격과 장점을 가장 극명히 드러내는 장면이라 할 만하다.

아직도 새로운 게 남아 있을까 싶을 때마다 새로운 무대, 새로운 장르로 진출하는 좀비를 보고 있자면 어쩐지 이것이야말로 쉼 없이 세를 늘리는 좀비의 본성인가 싶다. 〈좀비 썰록〉 역시 자그마한 아이디어를 참신한 기획으로 확장하고 숙련된 작가들이 정련해 또 한 번 새 영지로 나아갔다. 진짜 역병이 창궐한 우리 시대, 앞으로 좀비는 또 어디에서 어떻게 출몰하려나.

대탈주 초능력 소년

『인스티튜트』
스티븐 킹

음모론이 사람들의 관심을 끄는 이유는, 어디까지나 허황된 공상 정도로 치부해야 마땅하다는 걸 잘 알면서도 한편으로는 독특한 발상에 혹할 만큼 충분히 '그럴듯

한 가설'처럼 보이기 때문이다. 무엇보다 모든 음모론이 그럴듯한 망상에 그친 것도 아니다. 가장 대표적인 예가 'MK울트라 프로젝트'로, 1950년대 미국 CIA가 민간인을 대상으로 생체 실험을 벌였다는 주장이다. 인간을 세뇌하고 조종하기 위해 정부 기관이 피험자에게 마약을 투여하거나 고문하며 극비리에 실험을 벌였다는 이 음모론은 오랫동안 도시 전설처럼 회자되다 마침내 관련 문서가 공개되면서 사실로 드러났다. 이에 1995년 클린턴 행정부는 과거 정부를 대신해 공식 사과했지만, 그럼에도 너무나도 비인도적인 사안의 특성상 일각에서는 여전히 음모론으로 여겨지기도 한다. 혹은 또 다른 진짜 목적을 숨기고 있다거나.

이제는 음모론이라고 할 수 없는 이 실제 '역사'는 그간 창작물에서도 여러 번 다뤄졌다. 특히 최근에는 그 실체를 초능력 실험으로 구체화하는 추세다. 넷플릭스 드라마 〈기묘한 이야기〉 시리즈를 비롯해, 영화 〈아메리칸 울트라〉(2015), 〈마녀〉(2018) 등은 모두 MK울트라 프로젝트에 직간접적인 영향을 받아 이를 일종의 초능력자 양성 계획으로 해석한 작품이다. 세계 최고의 이야기꾼 중하나인 스티븐 킹 역시 이 일련의 유행에 참여해 이를 자신의 주특기로 수렴했다. 그의 2019년작인 〈인스티튜트〉는 염력이나 텔레파시에 재능을 가진 어린아이들을 납치한 후 가혹한 실험을 통해 초능력을 극대화하는 모종의 시설에 관한 이야기다. 기시감 가득한 소재지만 쌓아 올리는 방식만큼은 무척 새롭다.

12살 루크는 MIT와 에머슨대학에 동시 입학 허가를 받은 영재 중의 영재다. 그에겐 미약하나마 염동력이 있긴 하지만 사실 천재적인 지능에 비하면 미미한 능력에 지나지 않는다. 그러던 어느 날, 괴한들이 루크를 납치해 '시설'에 감금한다. 루크는 이곳에서 또래 아이들을 만나고, 시설의 어른들은 아이들의 초능력을 계발한답시고 시시때때로 물고문 등을 가한다. 아이들의 텔레파시 능력을 개화시키기 위해 온갖 악질적인 수단을 동원하는 탓에 이곳에는 늘 크고 작은 폭력이 만연해 있다. 결국 웬만한 어른보다 똑똑한 루크는 시설의 맹점을 이용하고 잡역부의 환심을 사 이곳에서 탈출하기로 마음먹는다.

공포소설의 대가로 잘 알려진 스티븐 킹은 실은 굉장히 다양한 작품을 집필한 작가다. 대부분 초자연적 현상을 소재 삼는 것은 사실이지만, 최근에는 완연한 하드보일드소설인 〈미스터 메르세데스〉나 케네디 대통령 암살 사건을 막기 위한 시간 여행을 그린 〈11/22/63〉 등으로 보다 넓은 진폭을 보여주고 있다. 그럼에도 그의 가장 근원에 자리한 것은 역시나 유년기의 공포다. 〈스탠 바이 미〉〈그것〉에서 보여준 감각 그대로 〈인스티튜트〉 역시 루크와 또래 소년소녀들의 절망과 공포, 그리고 저항에 정확히 초점을 맞추고 있다. 수십 명의 인물들 각자의 욕망과 개성을 그대로 대치시키며 여기 온갖 서브컬처의 조각들을 끼워 맞추는 재주 또한 명불허전이다. 특히나 대단원에서는 시설의 목적을 인류의 번영을 추구하기 위함이라는 음모론으로 풀어낸 후 이를 철저히 논파하는데, 과연 루크의 지난한 탈출기를 만회하고도 남을 만큼 짜릿하다. 덕분에 초능력이나 운명론 같은 것에 의지하지 않고도 인간은 나아갈 수 있다는 긍정의 메시지가 가장 유명한 음모론에 마침내 상쾌한 마침표를 찍는 듯하다.

인간성을 저울질하는 서바이벌

「크림슨의 미궁」

기시 유스케

기억을 잃은 채 눈을 떴더니 전혀 듣도 보도 못한 세계다? 최근 웹소설이나 라이트노벨의 소위 '게임 판타지' 장르를 탐독하는 독자라면 단박에 '이세계로의 소환'이

라는 클리셰를 떠올릴 법하다. 물론 이런 익숙한 설정마저도 '게임 마스터'가 기시 유스케라면 이야기는 완전히 달라진다. 작가 기시 유스케는 1997년 〈검은 집〉으로 제4회 일본호러소설 대상을 수상하며 정점을 찍은 후, 〈유리 망치〉 〈자물쇠가 잠긴 방〉 등의 본격 미스터리를 비롯해 SF 〈신세계에서〉에 이르는 다채로운 작품을 발표했다. 물론 배경이나 장르가 무엇이든 기저만큼은 굳건하다. 언제든 욕망에 잠식당하기 쉬운 의지박약의 인간들과 그런 나약한 인간을 먹잇감으로 보는 인간이 한데 어우러진 공포야말로 늘 그가 집중하는 것이기 때문이다. 그리고 마치 게임을 하듯 하나둘 장벽을 제거하고 욕망을 충족해가는 인물들이 자아내는 기이한 분위기 덕에 그의 호러소설은 늘 초현실적인 공포로까지 치닫곤 한다.

　1999년작 〈크림슨의 미궁〉은 초현실적인 분위기를 한껏 북돋아 낯선 세계에서 벌이는 불가해한 서바이벌 게임을 중심에 둔다. 그간의 기억을 잃고 깨어난 후지키가 바라본 세상은 기괴한 가로줄무늬의 바위산과 심홍색 풍경으로 가득하다. 영문을 알 수 없는 그에게 주어진 '아이템'은 며칠분의 물과 식량, 그리고 앞으로의 행동을 지시하는 휴대용 게임기뿐이다. 이내 게임기의 첫 화면에는 "화성의 미궁에 온 것을 환영한다"는 문구가 뜨지만 그렇다고 이곳이 화성일 리는 없다. 곧 그는 이곳이 호주의 기암군 일대인 벙글벙글임을 알게 되고, 게임기가 명령하는 대로 걸음을 옮기자 마침내 아홉 명의 참가자가 한자리에 모인다.

참가자들에게 주어진 환경은 게임 그 자체를 연상시킨다. 단, 이들은 캐릭터를 조종하는 게이머가 아니라 무작정 야생에 던져진 게임 캐릭터로서 수렵과 채집으로 연명해야 하는 신세다. 곧 참가자들을 고의로 분리시키는 게임기의 지침에 의해 후지키는 이곳에서 가장 처음 만난 여성인 오토모 아이와 짝을 이뤄 생존을 모색하지만, 어쩐지 둘 간의 신뢰는 곧 금이 갈 듯 묘한 위화감을 풍긴다. 그리고 주인공 후지키를 비롯해 참가자 모두 몰락한 사회인이란 점이 드러나면서 이 게임을 주최한 '관찰자'가 존재한다는 잔혹한 진실마저 드러난다.

애초에 호주 황무지에서 벌이는 이 게임이 단순한 게임일 리 없다. 참가자들은 이곳에서 탈출하기 위해 경쟁하는 것이 아니라 이내 서로를 죽이기 시작한다. 심지어 후지키에게 주어진 게임북 〈화성의 미궁〉에 등장하는 괴물 식시귀食屍鬼는 은유나 암시에 그치지 않고 정말로 이곳에 현현한다. 배고픔을 더욱 부추기는 약간의 약물만으로도 인간은 살인을 벌이고 그 '고기'를 취하는 진짜 괴물이 되기 때문이다. 괴물 역시 단순히 인간성의 결여만을 일컫는 게 아니다. 먹어선 안 될 것을 먹어 나타난 호르몬 이상 때문인지, 인간이 지닌 고농도 오염 물질을 일순간에 받아들인 탓인지 알 수 없지만, 그들의 외모 또한 책에서 묘사한 식시귀처럼 추하게 변해 후지키와 아이의 목숨 줄을 조여 온다. 결국 기시 유스케가 설계한 게임판 벙글벙글은 온갖 해충과 짐승, 질병, 기아에 더해 한때 인간이었던 식인 괴물마저 가세하면서 최상의 난이도를 자랑하는 완전한 지옥으로 돌변한다.

기시 유스케가 게임을 통해 목도하고픈 것은 일종의 극단적인 가정이다. 과연 극한 상황에서 인간은 어떤 행동을 벌일까 하는 것. 게다가 그의 답은 처음부터 정해져 있는 듯 보인다. 그럼에도 그 답을 어렵사리 비껴가 생존을, 나아가 인간성을 다잡는 인간들의 힘겨운 사투를 통해 어느덧 초현실적이었던 공포는 곧 우리의 현실 위에 무겁게 안착한다.

사탄의 아이와 공생하는 법

「나의 아가, 나의 악마」

조예 스테이지

SNS에 누군가는 아이돌 사진을, 누군가는 강아지나 고양이 사진을 올릴 때 다른 누군가는 한결같이 자기 아이 사진을 올린다. 이상할 건 없다. 다른 이들과 마찬가지

로 그들에겐 아이가 자신의 '최애'여서일 테니까. 하지만 SNS에서 보이는 그대로 마냥 사랑스러운 순간만 있진 않았을 것이다. 아이가 저 혼자서 어엿한 '사람'이 되는 건 아니니 육아라는 이름의 지난한 과정을 부모는 오로지 사랑과 헌신으로 감내했을 게 분명하다. 그리고 부모도 결국 인간인지라 아무리 예쁜 내 자식이라도 눈에 넣어도 안 아픈 순간만 있을 리 없다. 산후 우울증이나 육아 스트레스 같은 말로 대충 뭉뚱그리기엔 각자의 사정은 다 다르고 차마 밖에 알리기 어려운 일도 비일비재할 것이다. 아기를 불가해한 존재로 바라본 공포는 이런 보편적인 공감에 기인한다.

호러 장르는 종종 아이를 공포의 주체로 삼아 가족이라는 작고도 큰 세계의 몰락과 고통을 그려내곤 한다. 특별한 지점은 아기라는 순수한 존재 안에 서린 '악'을 발견해나가는 과정과, 그 모든 것이 바깥 세계에서는 알아챌 수도 없고 밖으로 알리기에도 곤란하다는 데 있다. 〈나의 아가, 나의 악마〉의 7살 해나 역시 어린아이 특유의 영악함과 천진무구함을 한데 엮은 기이한 존재로, 무조건 포용할 수도 그렇다고 내칠 수도 없는 부모 자식 간의 단단한 굴레 안에서 점차 자신의 가족을 파멸로 내몬다.

우선 해나는 청각에 아무런 이상이 없는데도 전혀 말을 하지 않는다. 게다가 크론병을 앓는 엄마 수제트와 단둘이 보내는 낮 동안에만 공격적으로 돌변하고, 아빠 알렉스에겐 더없이 사랑스러운 딸을 연기한다. 수제트의 말마따나 해나가 교묘하게 편 가르기를 종용하며 자신을 조롱하고 이들 부부를 조종하고 있다고 느낄 법하다. 그리고 이는 계속해서 점증하는 문제의 심각성에도 불구하고 모든 의구심과 위협을 홀로 맞닥뜨리는 수제트의 고립감이 보편적인 공포로 이어지는 이유이기도 하다.

그뿐만이 아니다. 해나는 단지 수제트를 괴롭히기 위해 말을 하지 않는 것은 물론 엄마로 하여금 자신을 공포의 대상으로 여기게끔 하고자 온갖 악행을 서슴지 않는다. 그중 하나가 자신을 오래전 화형당한 마녀 마리앤으로 지칭하는 것이다. 마치 엑소시즘을 소재로 한 영화의 한 장면을 떠올리게 하는 대목이지만, "여자는 이런저런 것들을 보기 시작하고, 남자는 무시하고, 여자는 미쳐가는" 그런 전형적인 이야기에 머물진 않는다. 일방적인 피학자인 수제트만이 아니라 가해자인 어린 해나에게까지 번갈아 시선을 할애하며 결코 합리적인 이성의 영역을 벗어나지 않기 때문이다.

해나에게는 늘 엄마를 괴롭힐 계획이 있고 그 계획은 종종 또래보다 훨씬 영특하고도 폭력적으로 돌출되는 탓에 외려 이 점이 비현실적으로 다가오긴 한다. 이를테면 아빠 몰래 인터넷에서 시체 사진을 출력하고, 7세 아이의 언어로는 보기 힘든 '세포'나 '지문' 등을 언급하면서까지 자기만의 세계를 완성하려는 것이 그렇다. 덕분에 갈 피를 잡기 힘든 것도 사실이지만, 작은 소시오패스의 머릿속을 들여다보며 미숙한 듯 뒤틀린 아이의 천진한 악행의 이유를 따라가는 것만으로도 충분히 서늘하다. 무엇보다 어린 딸이 자신을 죽이기로 마음먹은 걸 알면서도 이를 '치료'하고자 애쓰는 부모의 악전고투, 그 딜레마야말로 지극한 공포라 할 만하다.

시작과 원천은 호러였나니

「장난감 수리공」
고바야시 야스미

대개 장르를 넘나든다고 하면 장르의 경계가 모호한 복합장르나, 작가 고유의 작풍에 대한 상찬을 의미하기 십상이다. 그러나 고바야시 야스미는 말 그대로 여러 장

르를 종횡무진하는 작가다. 공학자 경력을 살려 SF 작품을 다수 집필했는가 하면, 〈밀실·살인〉〈커다란 숲의 자그마한 밀실〉 등으로 본격 미스터리 분야에서도 두각을 나타냈다. 다채로운 수상 이력도 그의 폭넓은 재능을 뒷받침한다. 1998년 〈바다를 보는 사람〉으로 제10회 SF매거진 독자상을, 2012년에는 〈천국과 지옥〉으로 SF문학상인 세이운상星雲賞을 수상했을 뿐 아니라, 각종 미스터리 랭킹에 이름을 올린 본격 미스터리 〈앨리스 죽이기〉는 2014년 게이분도 대상啓文堂大賞 1위에 올랐다.

여기에 빠뜨릴 수 없는 것이 하나 더 있으니, 바로 호러다. 고바야시는 1995년 단편 '장난감 수리공'으로 제2회 일본호러소설대상 단편상을 수상하며 데뷔했다. 이 작품을 표제작으로 한 단행본 〈장난감 수리공〉은 15만 부 이상의 판매고를 올렸으며, 이후 영화와 만화로도 만들어졌다. 이 성공적인 단행본에는 특이하게도 단 두 편의 소설만 실려 있다. 하나는 30페이지 남짓한 분량의 단편 '장난감 수리공'이며, 나머지 페이지는 모조리 중편 '술에 취해 비틀거리는 남자'에 할애했다. 그럼에도 표제작은 '장난감 수리공'이다. 그만큼 데뷔작이 지닌 독특한 색채와 음산한 분위기는 시간 여행을 소재로 한 '술에 취

해 비틀거리는 남자'의 불온한 정서에까지 영향을 미친
다.

단편 '장난감 수리공'은 낮이면 늘 선글라스를 끼는
여자와 그 이유가 궁금한 남자의 대화로 구성되어 있다.
이윽고 둘의 대화는 어릴 적 아이들의 장난감을 수리해
주던 기묘한 장난감 수리공의 이야기로 거슬러 올라간
다. 수리공은 아이들에게 의뢰받은 고장 난 장난감이 충
분히 모이면 이 모두를 완전히 분해한 뒤 새로 조립한다.
여기엔 복잡한 게임기도, 심지어 죽은 고양이도 포함된
다. 여러 '장난감'을 한데 모아 분해하는 터라 부품이 섞
일 때도 있지만, 상관없다. 어쨌든 멀쩡한 상태로는 돌아
오니까. 실수로 어린 남동생을 죽게 만든 소녀는 곧 수리
공을 떠올리고 동생의 시체를 그에게 맡긴다.

호러소설답게 이야기는 분방하고 묘사는 무척이나
그로테스크하다. 수리공의 등장 신이나, 수리공이 동생
의 내장과 혈관까지 완전히 '분해'하는 과정을 보고 과연
영화나 만화 창작자들의 구미가 동했을 만하다. 서술 방
식도 기이한 감정을 북돋는 데 한몫한다. 여자는 남자의
질문에는 아랑곳하지 않고 오로지 자기 이야기에만 심취
한 듯 빙 돌아 사고의 진실을 향한다. 여자의 옛날이야기

속 소녀는 얼굴을 다쳐 피를 한 움큼씩 쏟으면서도 누가 봐도 이상한 형태로 축 늘어진 동생의 죽음을 감추고자 전전긍긍한다. 결국 소녀의 잔혹한 동화는 현재로 소급되어 남녀의 대화 말미에 공포를 또렷이 현현한다.

중편 '술에 취해 비틀거리는 남자'는 양자역학과 뇌과학을 시간 여행과 직결시킨 SF·호러소설이다. 대학 동창인 시노다와 지누는 사랑하는 여자를 살리기 위해 뇌의 특정 부분을 제거해 시간을 지각하는 일반적인 상태에서 벗어난다. 하지만 의지를 컨트롤할 수 없어 수면 이후에는 늘 예상 밖의 시간대에 깨어난다. '파동함수의 수렴' 같은 난해한 방식으로 시간 인지에의 해방을 시간 여행 수단으로 활용하지만, 이번에도 바탕을 이루는 건 죽은 연인을 되살리겠다는 뒤틀린 욕망과 서로를 잊은 두 친구의 공허한 만남에 있다. 호러소설로 첫발을 뗀 고바야시 야스미의 작품에는 이런 음침한 장난기와 악취미가 교묘히 배어 있다. SF와 미스터리를 넘나드는 가운데서도 감지되는 작가 고유의 원천이 무엇인지 두 작품만으로도 충분히 짐작할 수 있을 것이다.

화해하는 괴담, 치유하는 기담

「내 머리가 정상이라면」

야마시로 아사코

작가의 필명이란 보통 작가 자신을 감추는 수단으로 생각되기 십상이다. 그러나 아무리 필명을 사용한다 한들 아예 공식 석상에 모습을 드러내지 않는 이상 정체를

감추는 것은 거의 불가능하다. 그런 면에서 차라리 오늘날 필명이란 작가를 적극적으로 드러내는 방식에 가깝다. 오츠이치乙— 역시 일견 무성의해 보이는 독특한 이름 그대로 미스터리와 호러 장르에서 특별한 영역을 구축한 작가다. 국내에서는 주로 〈ZOO〉〈GOTH〉 등으로 알려진 만큼 강력범죄와 그에 따른 잔인한 묘사, 본격 미스터리 요소가 주축이 된 작풍으로 대표된다.

재미있는 건 오츠이치에겐 이 밖에도 필명이 더 있다는 점이다. 얼핏 여성 작가를 연상시키는 야마시로 아사코라는 이름으로는 주로 기담을 쓴다. 나카타 에이이치라는 필명으로 쓰는 글은 청춘소설이다. 여덟 명의 작가와 에치젠 마타로라는 공동 필명으로 작업한 책도 있다. 아예 〈메리 수를 죽이고〉에서는 상술한 작가 네 명의 호러 앤솔러지인 양 일곱 편의 단편을 한데 수록하기도 했다. 심지어 이 작품집에 해설을 쓴 사람은 영화감독으로 활동하고 있는 아다치 히로타카인데, 바로 오츠이치의 본명이다. 참으로 얄미운 작자다.

그가 이력까지 거짓으로 지어내며 여러 필명을 사용한 이유는 아마도 '오츠이치'라는 유명 브랜드에서 벗어나 보다 다양한 시도를 하고 싶었기 때문일 것이다. 더불어 그렇게 집필한 작품이 독자들에게도 편견 없이 받아들여지길 바랐던 것일 테고. 야마시로 아사코의 〈내 머리가 정상이라면〉은 그런 의미에서 더더욱 특별한 질감으로 다가온다. 여덟 편의 단편은 모두 기담 혹은 괴담으로 불릴 만한 이야기로, 저주, 시간 여행, 귀신이나 사후 세계 등 그 범위도 다종다양할 뿐 아니라, 미스터리나 살인 사건 등도 곳곳에서 관여한다. 그럼에도 전반적인 느낌은 오히려 따사롭기 그지없다. 여덟 편의 기담은 공포와는 전혀 무관하다. 초자연적 소재에 치우치는 법도 없다. 이 작품집을 아우르는 키워드는 단연 '치유'다. 그렇다. 이것은 치유의 기담집이다.

어느 날 갑자기 집 안에 출몰하기 시작한 귀신의 정체를 추적하는 미스터리 '세상에서 가장 짧은 소설' 편은 본격 미스터리소설의 형식을 따르다 종국에는 헤밍웨이가 쓴 걸로 알려진 여섯 단어짜리 소설, 즉 "For sale: Baby shoes, never worn(팝니다: 아기 신발, 사용한 적 없음)"에 대한 담담한 치유의 해답을 이끌어낸다. '머리 없는 닭, 밤을 헤매다' 편에서는 이모에게 학대받는 소녀와 그를 감싸는 소년의 고요한 교감을 다룬다. 머리가 잘린 후에도 움직이는 애완닭이 상징하는 그대로 참혹한 말로 뒤에 놓인 쓸쓸하고도 몽환적인 기운이 긴 여운을 드리우는, 작중 최고작이라 할 만하다. 그 밖에 고교 시절 자신이 모질게 괴롭혀 자살한 친구의 얼굴처럼 변해가는 어린 딸을 통해 무거운 죄책감을 그려낸 뒤 그보다도 무겁고 진실한 반성으로 마침내 화해의 다리를 놓는가 하면('아이의 얼굴'), 동일본 대지진으로 잃은 어린 아들과의 불가사의한 통화('무전기'), 딸을 잃은 후 여자아이의 목소리가 환청처럼 들리는 표제작 등 모든 작품이 기이한 상황과 지독한 상처를 진득한 슬픔과 엮어낸 뒤 반드시 힘겹게 치유에 다다른다.

이 작품집에도 오롯이 담겨 있듯, 인간은 본디부터 여러 인격을 가진 게 아닌가 하는 생각이 들 때가 있다. 서 있는 위치에 따라 돌변하는 하찮은 인간, 다정했던 부모가 뒤돌아 아이를 학대하는 풍경 같은 것 말이다. 물론 반대편에는 좋은 예도 있다. 선과 악, 흑과 백을 관통하는 오츠이치, 아니 야마시로 아사코의 기담이야말로 그 바람직한 증거다. 게다가 어쩌면 아직까지 밝혀지지 않은 그의 또 다른 필명, 감춰진 새로운 인격이 있을지도 모르는 일이니까.

05
우리 안의 악의,
진짜 세계와 만나다

#사회파_미스터리

#크라임_스릴러

일상과 일탈을 가르는
치졸한 욕망

「열쇠 없는 꿈을 꾸다」
츠지무라 미즈키

한낮에 방영하는 사회부 뉴스를 보고 있노라면 인간의 치졸함과 사악함에 괜스레 치가 떨리기 일쑤다. 어린아이를 학대하고 여자에게 폭력을 행사하는 것은 아예

예사가 되었다. 최근엔 초등학교 교장이란 작자가 여교사 화장실에 카메라를 설치하기도 했다니, 선한 가면 뒤에 숨기고 있을 추악한 욕망이 또 얼마나 많을지 짐작조차 되지 않는다. 이렇게나 범죄가 가까운 탓인지 때때로 뭇사람들이 꾹꾹 눌러 담고 있을 악의의 정체가 새삼 궁금해질 때가 있다. 평범한 사람들 안에 잔뜩 웅크리고 있을 음습한 광기. 지금은 잘 제어되고 있다지만 과연 영원히 터지지 않을 수 있을까?

츠지무라 미즈키의 〈열쇠 없는 꿈을 꾸다〉는 이런 멀지 않은 범죄에 근접하거나 기어이 다다르고야 마는 다섯 편의 단편소설을 수록한 작품집이다. 절도에서 시작해 각각 방화, 납치, 살인, 유괴 같은 강력범죄를 다루는데, 마치 포물선 그래프를 그리듯 배치되어 점점 더 깊은 절망을 안기다 마침내 안도의 한숨을 내뱉게 하는 기승전결 구조로도 읽힌다. 실제로 유년기의 절도와 살인 사이의 크나큰 간극만큼이나 다채로운 갈등이 각 단편의 핵심을 자처한다. 그럼에도 작품집 전체를 아우르는 질감은 동일하다. 모두 20, 30대 여성을 주인공으로 내세워 이들이 지닌 내밀한 고민과 허영심에 현미경을 들이대고 있기 때문이다. 범죄는 그릇된 욕망의 실체를 들여다보기 위한 수단이자 폭발을 좌우하는 뇌관이다. 작가는 여성의 마음속을 헤집으며 그 치졸하고도 이기적인 속내 안에 감춘 욕망의 기저를 들춘다. 사실 그곳에 웅크린 심리는 누구나 갖고 있는 것이지만, 초라한 욕망을 좇는 사이 곧 일상과 일탈이 나뉜다.

첫 작품인 '니시노 마을의 도둑'에서는 초등학생 미치루가 친한 친구인 리쓰코의 엄마가 도둑질하는 장면을 목도한다. 뜻밖의 사건에 고민하지만, 알고 보니 리쓰코 엄마의 도벽은 마을 사람들 대부분이 알고 있는 것으로 그간 비밀인 양 치부하고 있던 것이었다. 그러나 미담 같던 이야기는 계속해서 균열을 일으키고, 리쓰코마저 물건을 훔치다 미치루의 눈에 띈다. 어른이 된 현재, 미치루는 오랜만에 마주친 리쓰코를 두고 이런 추억을 더듬다 어렵사리 말을 걸지만 그의 반응은 전혀 뜻밖의 것이다. 질투와 성장의 맛이 그만큼 맵싸하다.

이어지는 '쓰와부키 미나미 지구의 방화', '미야다니 단지의 도망자', '세리바 대학의 꿈과 살인'은 본격적으로 강력범죄를 다루는데, 모두 덜떨어진 남자들로 말미암은 비극이 중심을 이룬다. 이제 와 결혼할 생각은 없지만 여전한 인기를 증명하고자 내세운 여자의 자존심은 지극히 평범한 것임에도 곧 남자의 허세로 인해 끈적한 자국을 남긴다. 단지 친구들보다 나은 인생임을 확증받기 위해 묵묵히 감내해오던 데이트 폭력은 실로 참혹한 결말로 이어진다. 의대로 전과하겠다는 것도 모자라 국가대표 축구선수가 되겠다는 남자 친구의 허황된 꿈을 알면서도 끌려다니던 여자의 최후는 그대로 작품집의 절정과도 같은 비참한 최후로 이어진다.

　　마지막 작품인 '기미모토 가의 유괴'는 육아 스트레스를 집요하게 파고든다. 그렇게나 사랑스러운 아이에게 보내는 원망과 반성의 회오리치는 감정 묘사가 일품인데, 실제로도 작가가 2011년 출산 후 처음 집필한 작품이다. 제147회 나오키상 수상작인 이 소설집은 결국 범죄를 놓고 투영한, 인간에 대한 면밀한 보고서다. 추하고도 약한 마음을 가감 없이 들춰내지만 그렇다고 절망할 수만은 없도록 인간의 진심 한가운데를 절묘하게 꿰뚫는다.

낙인찍은 범죄, 그 이면의 진실

「무죄의 죄」

하야미 가즈마사

"태어나서 죄송합니다." 떨리는 목소리로 마침내 피고 다나카 유키노가 재판정에서 처음으로 입을 뗐다. 깜짝 놀랄 일은 여기에 그치지 않았으니, 이내 그는 고개를

돌려 방청석을 바라보다 누군가를 향해 슬그머니 미소 짓는 것이 아닌가. 모두 판사의 사형선고가 내려진 직후에 일어난 일이다. 얼떨떨해하던 방청객들은 곧 정신을 차리고 일제히 이 악마 같은 여인을 향해 비난을 퍼붓는다. 헤어진 남자 친구를 스토킹하다 방화로 그의 부인과 아이 둘을 죽이고 한 가정을 완전히 파탄 낸 이 파렴치한 살인범에게 법정은 물론 마치 세상 또한 이미 사형을 언도한 것처럼 보인다. 이후 유키노는 어찌된 영문인지 항소하지 않는다. 사형수가 항소조차 하지 않는 일은 지극히 이례적인 일로, 그가 법정에서 읊조리듯 남겼던 다자이 오사무의 말 그대로 그는 정말로 태어난 것이 미안했다는 양 순순히 죽음을 받아들인다.

하야미 가즈마사의 〈무죄의 죄〉는 제목의 모순 그대로 무죄라는 이름의 죄, 그 진실을 찾아가는 여정을 그린다. 사형 판결이 내려진 프롤로그 이후 에두르지 않고 유키노의 일대기를 그려내는 이 작품은 사건의 진실을 좇는 미스터리이기 이전에 한 인간의 고락이 모두 담긴 처절한 드라마에 가깝다. 그리고 그 드라마는 판사가 단정하듯 선언한 단 몇 줄의 판결 이유로는 결코 설명할 수 없는 복잡한 속내를 감추고 있다. 심지어 유키노 주변의 여러 인물들을 통해 그려지는 그의 성장기와 사건의 진상 모두 경찰과 법정과 매스컴이 단죄하듯 낙인찍은 진실과는 전혀 다르다. "책임감을 갖추지 못한 17살 어머니 밑에서" 태어나 "양부의 거친 폭력에 시달렸"다는 그의 유년기는 많은 것이 생략된 채였다. 중학교 시절 벌였다던 강도치사 사건 또한 진실은 다른 곳에 있었다. 그럼에도 유키노의 인생은 전시하듯 법정에 새겨졌다. "잔혹한 사건을 일으키고도 남을 만큼 비참했던 인생"이라고 말이다.

이후 이어지는 7개의 장은 마치 법정의 선고를 한 줄 한 줄 반박하듯 모두 판결문으로 시작해 그 이면의 이야기는 물론 이를 뒤집는 진실로, 결국 편견으로 뒤덮인 시스템의 맹점을 하나씩 들여다본다. 특히나 판결문에서 "죄 없는 과거 교제 상대"라 표현됐던 피해자가 실은 얼마나 간악한 인간이었는지 너무나도 생생하게 그려지고 있어 사뭇 치가 떨릴 정도다. 악의는 없기에 그래서 더 악독한 행동을 서슴없이 저지르며 유키노를 옭아맸던 그를 뭇사람들의 입맛에 맞춰 단순히 죄 없는 피해자로 묘사하는 것이 과연 가당한가 싶다. 또한 "계획성 짙은 살의"라며, "증거의 신뢰성은 지극히 높"다며 유키노의 악마성을 앞다투어 부풀렸던 것도 실상은 완전히 다르다. 맥이

빠질 만큼 초라한 우연과 얽힌 진실은 그래서 더 가슴 아프고, 온통 불행으로 점철된 유키노의 인생과 그를 구원하려는 주변인들의 노력은 정의와 신념 그 이전에 마냥 애잔하게 다가온다.

이 소설의 원제는 '이노센트 데이즈イノセント・デイズ'로, 제목의 속뜻을 되새기듯 작중 유키노의 조력자들은 '이노센트innocent'가 가지는 두 가지 뜻을 그대로 유키노의 인생에 대입시킨다. 즉, '순수했던' 그의 성품 그대로의 인생이었다는 것, 그리고 그는 '결백하다'는 것. 너무나도 순수한 탓에 세상의 온갖 풍파에 흔들리다 스스로 침잠하기를 선택한 그의 처연한 삶이 실정법의 단면과 언론의 속성, 금세 휘발되는 대중의 분노와 무관심을 그렇게나 마구 들추고 휘젓는다.

신인의 야심을 집대성하면

「연쇄 살인마 개구리 남자」

나카야마 시치리

　　입주민이 적은 한적한 맨션에서 여자의 시체가 발견
된다. 갈고리에 입이 꿴 참혹한 형상으로 복도에 매달린
알몸의 시체 곁엔 어린아이가 삐뚤빼뚤 쓴 듯한 쪽지가

붙어 있다. "오늘 개구리를 잡았다. (…) 입에 바늘을 꿰어 아주아주 높은 곳에 매달아보자." 대개 이런 흉악 범죄가 일어나면 언론은 대개 공권력의 관리 태만이나 범죄물의 악영향을 비롯해 몰인정한 사회 분위기를 힐난하기 일쑤다. 그런데 그런 언론마저 이 사건에 대해선 공손한 태도로 조속한 해결을 바라고 있어 역설적으로 사건의 흉흉함은 갈수록 배가되고 있는 상황. 이윽고 첫 챕터명인 '매달다'에 이어 '으깨다', '해부하다', '태우다'에 정확히 부합하는 연속 살인이 벌어지면서 한노시市 지역사회는 패닉에 빠진다.

2009년 '이 미스터리가 대단하다' 대상작으로 〈안녕, 드뷔시〉가 선정되며 데뷔한 작가 나카야마 시치리의 데뷔작은 사실 〈연쇄 살인마 개구리 남자〉가 될 수도 있었다. 최종 심사까지 두 작품이 경쟁을 벌였다는 유명한 일화에서도 알 수 있듯이, 이 작품 역시 〈안녕, 드뷔시〉 못지않은 수작이자 신인 작가 특유의 야심이 가득 담긴 또 하나의 데뷔작이라 할 만하다. 이야기는 무자비하게 훼손된 시체와 어린아이의 순진무구한 잔인함을 직조하며 우선 정신이상자의 살인으로 문을 연다. 하지만 곧 실정법의 함정에 메스를 들이대는가 하면, 연쇄살인만으로 일순간 폭동에 이르고 마는 일본 사회의 위태로운 기저에까지 다다른다. 게다가 이 모두는 신인의 분방한 야심에 그치지 않고, 작품의 주제는 물론 최후의 순간 아귀가 맞아떨어지는 미스터리의 재미와 작중 연쇄살인의 입체적 함의까지 정확히 관통한다.

세 번째 피해자가 발견된 시점, 그 전까지는 아무 연관도 없어 보이던 피해자들의 연결 고리가 드러나면서 사건은 새로운 국면을 맞이한다. 설마 하던 그 연결 고리란 살인범이 일본어의 50음순, 즉 '아이우에오' 이름순으로 범행 대상을 고른다는 것이다. 고작 이름에 따라 다음 차례는 자신이나 가족이 될 수도 있다는 사실이 공표되면서 한노시에 적을 둔 시민들 사이엔 공포가 팽배한다. 곧이어 무능한 경찰을 비난하는 목소리가 점차 커지더니 마침내 경찰이 비밀리에 작성했다고 알려진 심신상실자 명단을 공개하길 바라는 시민들이 경찰서에 강제로 침입한다.

그렇다고 잔인한 연쇄살인과 일본 형법 제39조, 즉 "심신상실자에게는 책임능력이 없어 범죄가 성립되지 않는다"를 엮어내며 '사회파 미스터리'의 면면에만 집중한 것도 아니다. 정의감 넘치는 신참 형사 고테가와 베테랑 형사 와타세가 사건의 진상을 좇는 한편, 친부에게 성적으로 학대당하는 아이 나쓰오가 또래를 살인하게 되는 과정을 치밀하게 묘사하며 심신상실을 이유로 다시금 사회로 나왔을 나쓰오의 정체를 교묘하게 병치한다. 아버지로 인해 망가진 살인범의 마음속을 헤집는 동시에 진범의 정체를 서서히 소환함으로써 마침내 스산한 전율마저 일으키는 것이다. 심지어 작품 중반 일찌감치 진범의 정체를 드러내는 전략은 신인의 작품이라고 하기엔 너무나 노회하기까지 하다.

나카야마 시치리는 살인 사건에 마침표를 찍은 다음에도 몇 번의 반전을 더하며 인간의 나약한 마음과 극단까지 다다른 인간의 악마성을 그야말로 처절하게 대비시킨다. 어린아이에 대한 성적 학대를 비롯해 경찰서 폭동, 살인범과 육탄전을 벌이는 고테가와 형사의 액션 역시도 생생한 묘사 덕에 절망적인 기운이 피부에 에일 듯 느껴진다. 무엇보다 단 아홉 글자로 이루어진 작품의 마지막한 줄이 주는 충격은 오래도록 기억될 만하다. 과연 거대한 야심을 모두 그러모은 결정체, 걸작이다.

연쇄살인범에게 흔들리는
나약한 인간

「사형에 이르는 병」
구시키 리우

아동 학대가 끔찍한 것은 가장 약자를 대상으로 한 범죄라서다. 그것도 가장 가까운 이를 향해 은밀하게 벌어진 폭력인 탓에 뒤늦게 알려진 참상은 때때로 인간의 상

상력과 도덕성의 한계를 훌쩍 뛰어넘기도 한다. 그럼에도 아동 학대의 제일 비극적인 지점은 결국 폭력의 대물림에 있다는 생각이 든다. 실제로 한국보건사회연구원의 조사에 따르면 가정 폭력의 가해자 절반 이상이 유년기에 같은 피해를 경험했다고 한다. 스스로 그 가혹하고 무력했던 상황을 겪었으면서도 다시금 자신의 아이를 학대한다니. 마치 인간의 선한 자유의지로도 어찌할 수 없는 폭력의 굴레라는 게 정말로 존재하는 듯해 참혹한 기분이 쉬이 가시지 않는다. 게다가 아동 학대는 연쇄살인범과도 밀접한 관계를 가진다. 역사적인 연쇄살인범의 성장 환경은 하나같이 처참하기 이를 데 없었다.

그런 면에서 〈사형에 이르는 병〉은 살인 사건의 진상을 파헤치는 미스터리이기 이전에 작중 연쇄살인마 하이무라 야마토에 대한 면밀한 탐구서에 가깝다. 5년 전 체포돼 사형선고를 받고 수감 중인 하이무라는 어릴 적 친분이 있는 대학생 마사야에게 편지를 보내 자신의 무고를 증명해주길 요청한다. 물론 무고라고 해봐야 스물네 건의 살인 용의 가운데 검찰이 확실한 유죄판결 건으로 여겨 기소한 아홉 건 중 마지막 아홉 번째 살인 하나에 불과하다. 만약 이 사건이 무고로 밝혀진다 한들 사형이 번복되는 일은 없다. 그럼에도 그는 이 살인만큼은 결코 자신이 저지른 것이 아니라며 마사야에게 진범을 찾아달라고 한 것이다. 오랜 고민 끝에 이를 수락한 마사야는 하이무라의 변호인 조수를 가장해 그의 주변인과 사건 관계자를 하나하나 탐문한다.

마사야가 하이무라의 요청을 받아들이기 전 연쇄살인범과 관련한 온갖 책을 탐독하며 얻는 지식은 마치 불우한 성장 과정과 비정상적인 폭력성 간의 상관관계를 실제 사례를 통해 수집하는 듯하다. 그래서 이후 하이무라의 주변을 파헤치는 지난한 과정은 마치 이론과 실제의 합치처럼 느껴질 법하다. 하이무라 역시 경계성 지능장애인 어머니 아래서 양부에게 신체적·성적 학대를 받으며 자랐다. 더욱이 하이무라의 이웃들은 그가 체포된 후에도 뭔가 착오가 있을 거라며 그를 강하게 두둔한다. 마치 살인범에 대한 동정과 연민, 나아가 동화마저 부추기면서 제삼자인 독자마저 기어이 한 괴물의 심연 끝까지 끌어들이려는 듯한 모양새다.

실제로 마사야도 조사가 거듭될수록 아홉 번째 희생자가 '질서형' 연쇄살인범이었던 하이무라의 조건에 들어맞지 않음을 확신한다. 다른 살인처럼 희생자와 친밀

감을 쌓은 뒤 납치한 것도 아니고, 고문 흔적도 없으며, 희생자의 나이나 100일 간격이던 살인 사이클에도 부합하지 않는다. 이내 그는 하이무라와 여러 번 면회하면서 학대받고 입양된 어머니의 과거에 더해 하이무라와의 숨겨진 관계까지 알게 되면서 만연한 아동 학대와 이로 인한 폭력의 정당성까지 저울질하기에 이른다. 과거 하이무라의 주변인들이 그랬듯 그 역시 차츰 살인자에게 동조하고 있는 것이다.

"괴물과 싸우는 사람은 스스로 괴물이 되지 않도록 조심해야 한다." 결국 마사야가 하이무라의 진짜 의도에 다다르는 몇 차례 반전은 괴물에게 공감한 인간에게 동정과 경고 또한 함께 안긴다. 그러면서 미스터리 서사와 메시지를 한데 수렴한다. 나약한 인간은 명백한 악 앞에서도 내내 연민의 줄타기를 벌이는 수밖에 없는 데다 연쇄살인범에 대한 보고서를 한껏 '가장'한 탓에 메시지와 결말이 더욱 쓸쓸하면서 충격적으로 다가온다.

선악은 늘 회색을 띤다

「스완」

오승호

범죄 미스터리에서 선과 악이 분리된 개념이 아니라
는 가치관은 가장 주요한 기조 중 하나다. 어떤 인간이든
선한 면과 악한 면을 동시에 지니고 있지만 그럼에도 우

리는 종종 선인과 악인을 양분하고 선의와 악의를 정확히 재단하려 한다. 그렇기에 범죄라는 반사회적 행위이자 비일상적 상황과 맞닥뜨렸을 때 인간의 복잡다단한 면은 실로 극대화된다. 특히 진실을 유예하는 미스터리 장르의 특성상 이런 인간의 본질은 사건의 진실로 수렴되면서 곧 작품의 메시지와도 상통하기 마련이다.

재일교포 3세 오승호(고 가쓰히로) 작가의 미스터리 소설 〈스완〉은 대형 쇼핑몰 '스완'에서 벌어진 총격 사건과 그 이면의 이야기를 다룬다. 3D 프린터로 자체 제작한 권총을 들고 스완에 난입해 입장객에게 무차별 난사하던 2인조는 많은 사상자를 낸 후 곧바로 자살한다. 사망자 21명, 부상자 17명이라는 피해도 피해지만 범죄자가 스스로 생을 마감한 탓에 처벌받은 이가 없어 살아남은 자들의 상처는 여전히 현재진행형이다. 여고생 이즈미만 하더라도 범인의 최후를 목도한 가장 가까운 피해자지만 세상은 그마저도 가만두지 않는다. 당시 같은 자리에 있었던 동급생 고즈에가 범인이 이즈미로 하여금 다음 사살 대상을 지목하게 했다는 사실을 폭로하면서 곧 지탄의 대상으로 전락했기 때문이다. 그리고 반년 후, 사건 당시 어느 노인의 죽음에 얽힌 진상을 밝히기 위해 생존자들의 모임이 마련된다. 이에 다섯 명의 생존자는 그날을 상기하며 다시 한번 자신의 상처를 더듬는다.

여러 사람의 입을 통해 재구성된 사건의 진상은 각자의 입장과 이해에 좌우되는 다분히 가공된 정보에 가까울 수밖에 없다. 작은 치부를 숨기고자 교묘히 거짓말을 섞는가 하면, 잔인한 악행이 반드시 태생부터 비뚤어진 악인의 전유물이란 법도 없다. 그래서 범죄의 동인은 이해할 것 같으면서 이해하기 힘든 반면, 인간의 욕망과 악의는 너무나도 단순하고 보잘것없기에 오히려 측은한 마음을 불러일으키기도 한다.

생존자 각자의 기억과 범인들이 생방송 녹화로 남긴 영상을 토대로 재구성한 그날의 진실 역시 그래서 더 기묘하다. 줄곧 스카이라운지에서 종업원에게 항의하던 노인이 죽은 것은 황당하게도 1층 엘리베이터 앞이다. 사례금에 혹해 모인 생존자들은 갈수록 서로를 비난하고, 모임의 주최자가 원하는 진실이 정말로 노인의 죽음인지조차 점점 의심스럽다. 게다가 이즈미의 '악행'을 고발했던 고즈에는 실은 평소 이즈미를 괴롭혔던 왕따 주동자다. 이런 실상을 고백한다면 이즈미는 여론의 비난에서 벗어날 수 있을 테지만, 비밀을 밝히는 순간 그날의 진상이 왜 곡될 것 같아 그는 쉽게 입을 열지 못한다. 여러 번 캐릭터들의 입을 통해 반복되듯, 사실 그냥 범인이 나빴을 뿐이지만 이상하게도 살아남은 사람들은 그렇게 여전히 선악을 가리려 한다. 마치 모두가 비난의 대상을 찾아 저마다의 가책에서 벗어나려는 듯 말이다.

총 네 차례로 예정된 모임이 진행됨에 따라 진실은 이즈미를 중심으로 재편되면서 차츰 의외의 진상이 수면 위로 드러난다. 동시에 발레리나인 이즈미가 〈백조의 호수〉의 '흑조' 오딜 역을 동경하는 그대로 피해자들 각각이 지닌 죄책감과 모종의 음모는 선악이 뒤섞인 인간이란 복잡한 존재의 속내를 속속들이 파헤친다. 결말부 드러나는 충격적인 진실은 의외로 간명하지만 결코 백조와 흑조로 나뉠 수 없는 인간의 모순은 그래서 더더욱 오래 기억될 만하다.

절대 악은 제거해야만 하는가

「하얀 충동」

오승호

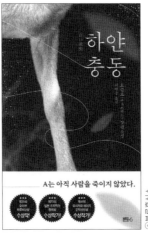

극악무도한 범죄를 저지른 이가 형기를 마치고 출소할 때마다 우리 사회는 실로 복잡다단한 문제와 마주하곤 한다. 심신미약 등의 이유로 형을 감경했던 판결은 다

시금 도마에 오르고, 피해자가 아닌 가해자 편의에 무게를 둔 듯한 법 제도는 곧 지탄의 대상이 된다. 그중에서도 가장 중요한 문제는 애초에 사회 복귀가 불가능해 보이는 이들과 더불어 살 수밖에 없는 구조 그 자체에 있을 것이다. 덕분에 일각에서는 늘 사형을 거론하지만 당연히 궁극적인 해답이 될 수는 없다. 결국 무조건 내칠 수만은 없기에 우리는 '영원히 이해하지 못할 타인'과 살아가는 방법을 고민하는 수밖에 없는 것이다.

오승호 작가의 〈하얀 충동〉은 이런 '절대 악'을 사회가 어떻게 수용해야 하느냐며 무거운 질문을 던지는 작품이다. 학교 카운슬러인 지하야에게 고등부 1학년 아키나리가 자신의 살인 충동을 상담한다. 지하야도 처음엔 사춘기 남학생 특유의 허세나 망상 정도로 여겼으나 상담을 거듭할수록 살인 욕구를 통제할 수 없어 두려워하는 아키나리의 징후가 거짓이 아님을 확신하게 된다. 이와 동시에 15년 전 잔혹한 연쇄 강간 상해 사건을 일으켰던 범인 이리이치가 출소해 지하야의 집 인근에 자리 잡는다. 학교에서는 아키나리가 교내에서 키우던 염소를 몰래 칼로 베고, 출소한 이리이치마저 금속 배트를 들고 돌아다닌다는 소문이 돌면서 마을은 온통 불온한 기운에 휩싸인다. 심리상담사의 시점에서 다양한 정신분석 개념을 동원해 아키나리의 마음속을 파헤치는 가운데, 마침 옛 은사의 요청으로 지하야가 이리이치의 정신감정을 하기로 결정하면서 이야기는 급기야 두 명의 불가해한 존재 한가운데 자리한다.

갈등은 한 범죄 피해자 지원 단체의 대표가 라디오 생방송에서 이리이치가 거주 중인 주소를 언급하는 의도된 사고에서 촉발된다. 지역 주민들은 곧 그를 내쫓고자 단체 행동을 벌인다. 게다가 아키나리는 어차피 살인할 수밖에 없다면 죽여 마땅한 사람을 죽이겠다며 이리이치의 주변을 맴돈다. 긴장 상태가 지속되는 사이, 마침내 이리이치가 교내에서 죽은 염소를 안고 피 칠갑한 모습을 내보이면서 증오와 선동에 가까웠던 지역민들의 결집은 힘을 얻고 더욱 첨예한 갈등으로 치닫는다.

지하야의 말대로, 단지 위협의 가능성만으로 누군가 제거된다면 다음엔 나와 내 주변 역시 언젠가는 불합리한 편견과 배척의 대상이 될 수 있음은 너무나도 당연하다. 하지만 뭇사람들은 애초에 자신의 이해 수준을 넘어선 존재를 견디지 못한다. 심지어 지하야가 아키나리와 이리이치에게 내린 결론 또한 동일하다. 한마디로 "불가능". 그럼에도 그는 아직 벌어지지 않은 사건을 빌미로 개인을 단죄하는 것엔 결코 동의하지 않는다. 작중에서는 이 둘을 몰아붙이는 다수의 이기가 다분히 폭력적인 결과로 이어지기에 지금 우리 사회가 떠안은 문제의 뿌리까지 정확히 엿볼 수 있다.

〈하얀 충동〉은 당면한 사회문제를 직접 반영한 사회파 미스터리지만, 모종의 사건을 통해 추리 게임을 더하고 몇 차례 허를 찌르는 반전으로 미스터리 서사 특유의 재미까지 모두 아우른다. 여기에 인간의 양면성을 가장 큰 미스터리로 가져가면서 묵직한 물음을 여럿 남긴다. 무엇보다 마지막 순간 앞서 넌지시 흘린 복선을 회수하며 서늘한 여운마저 남기면서 좋은 소설, 멋진 미스터리의 거의 모든 것을 보여준다.

농인을 향한 청인들의 폭력

「데프 보이스」

마루야마 마사키

©황금가지

"본 작품이 많은 사람들에게서 '들리지 않는 사람'과 '수화'를 이해하는 '입구'가 된다면 저자로서 기쁠 것이다." 작가 마루야마 마사키는 데뷔작 〈데프 보이스〉에서 작가의 말을 빌려 자신의 바람을 이렇게 전했다. 그의 말 그대로 〈데프 보이스〉는 농인들의 문화와 고충, 그들의 내밀한 세계를 미스터리의 중심에 놓고 17년 간격으로 벌어진 두 살인 사건의 진실을 좇는다. 농인 사회를 배경 삼아 굉장히 면밀한 시선으로, 그것도 시시때때로 꽤 많은 정보를 동원하면서까지 전달하려는 것은 청각장애인과 비장애인이란 호칭이 아닌 '농인聾人'과 '청인聽人'이란 표현이 상징하는 바와도 정확히 맞닿는다. 즉, 농인이 스스로를 농인으로 일컫는 것은 들리진 않지만 말할 수 있다는 의지를 표명한 것이다. 그렇기에 이에 대응하는 말로 단지 '들리는 사람'이라는 뜻의 청인이란 용어를 사용한다. 마찬가지로 수화는 손으로 의사소통을 대체한 것이 아니다. 수화는 한국어, 일본어와 같은 또 다른 언어일 뿐이다.

〈데프 보이스〉의 주인공 아라이 나오토는 오랫동안 근무하던 경찰 사무직을 그만둔 뒤 몸에 밴 수화 기술을 살려 수화 통역사로 새 출발한다. 머지않아 아라이는 농인들 사이에서 호평받는데 그가 청인임에도 '일본어대응수화'가 아닌 '일본수화'에 능숙하기 때문이다. 선천적 농인들이 오랫동안 사용해온 일본수화는 음성일본어 문법과는 전혀 다른 독자적인 언어 체계가 있어 일본수화에 익숙한 농인이 일본어대응수화를 사용하려면 자연히 피로감이 따른다. 이는 아라이가 곧 법정 통역까지 의뢰받아 17년 전 기억과 다시금 맞닥뜨리는 것이 우연인 듯 필연처럼 보이는 이유이기도 하다.

서사에서 돋보이는 또 하나는 은근한 지연효과에 있다. 청인인 아라이가 일본수화에 익숙한 것은 그가 코다 CODA, Children of Deaf Adults, 즉 농인 부모의 청인 아이였기 때문이다. 또 경찰에서 쫓겨난 듯 나온 이유가 경찰 비리를 외부에 알린 내부 고발자라는 사실이 뒤늦게 공개되는 덕에, 이혼한 뒤 스스로를 고립시키고 의식적으로 경찰 동료들을 피하는 등 그의 숨겨진 어둠 또한 동시에 켜켜이 쌓아 올린다. 덕분에 과거 농인이 얽힌 살인 사건에 떠밀리다시피 통역으로 나섰다 경찰의 나태한 수사에 무력감을 느꼈던 아라이가 당시 용의자의 아이가 수화로 전달한 "아저씨는 우리 편? 아니면 적?"이란 말에 왜 그리 오래도록 얽매일 수밖에 없었는지 납득할 만하다.

농인의 언어나 문화가 낯선 탓에 그 체계를 설명하는 작품 고유의 태도는 이미 충분히 흥미롭다. 예컨대 고유명사를 수화언어로 표현하는 것은 무척 복잡한 탓에 가족들 사이에서는 간단한 '홈 사인home sign'으로 이를 대체하고 있다는 것은 전혀 의외의 사실인 동시에 중요한 진실을 가리다 드러내는 효과적인 장치로도 활용된다. 여기에 농인에게 입술을 읽는 구화법을 강요하는 청인 사회의 크고 작은 편견 또한 곳곳에서 드러나며 메시지는 한층 더 정련된다. 사건의 진실이 결국 농인을 향한 직간접적인 폭력으로 수렴하면서 참담한 기분이 쉬이 가시지 않는 것은 그런 이유 때문이다. 작가 마루야마 마사키는 '장애인은 불쌍하다', '그럼에도 노력하고 있다'라는 기존의 두 가지 시선과 무관하면서도 훨씬 보편적인 갈등을 그리고자 했는데, 이 작품은 그런 면에서도 마찬가지로 좋은 '입구'가 되고 있다. 곧 그의 또 다른 바람대로 멋진 '출구' 또한 반드시 낼 수 있을 것 같다.

여성에 의한, 여성을 향한, 여성을 위한

「단 하나의 이름도 잊히지 않게」

서미애, 송시우, 정해연

옆 나라 일본은 전 세대에 걸쳐 다방면으로 미스터리를 즐기는, 말 그대로 '미스터리 왕국'이다. TV에선 수사극이나 추리 드라마, 미스터리 단막극이 끊이지 않고 방

영되며, 세계 수위권 규모의 출판 시장 안에서도 미스터리의 위상은 에두를 것 없이 주류 중의 주류로 통한다. 그에 비한다면 우리에게 미스터리는 대개 TV 시사 프로그램이 도맡고 있는 것도 사실이다. 그래서일까. 한국 미스터리소설은 멀지 않은 우리의 현실과 완벽히 공명할 때 더욱 특별한 빛을 발하는 듯하다. 한국 미스터리를 대표하는 작가 서미애, 송시우, 정해연의 미스터리 소설집 〈단 하나의 이름도 잊히지 않게〉는 그런 우리의 현실과 기시감을 한껏 파고드는 중편작 셋을 수록했다. 세 여성 작가가 펼치는 각각의 이야기는 책 제목 그대로 우리 사회 언저리에 자리한 사람과 사건을 조명한다. 분명 픽션이지만 생생하게 현실에 밀착한 덕에 그 여운은 쓰고도 오래 남는다.

정해연 작가의 '아름다운 괴물'은 다이어트 클리닉을 운영하며 TV로도 얼굴을 알린 잘나가는 의사 정수정의 몰락을 그린다. 시작은 우울증에 시달리던 한 여성이 정신착란 증세로 말미암아 일으킨 살인으로, 이는 정수정의 무책임한 처방이 동인이 된 교묘한 복수극으로 이어진다. 그렇다고 정수정의 악의에 초점을 드리운 것은 아니다. 이혼 후 홀로 아기를 키우면서 클리닉 사업을 위해 완벽한 몸매까지 가꾸는 슈퍼맘 정수정은 자신의 뒤를 캐는 기자 때문에 차츰 무너져 내리고, 마침내는 사적 공간에서 카메라 셔터 소리마저 들리니 그 질감은 완연한 호러에 가깝다. 시점을 바꿔가며 범인의 정체를 가린 채 각기 다른 위치에 선 여성 캐릭터 모두를 대상화하는 사회 분위기를 정면으로 공박하지만, 그럼에도 그 끝은 더더욱 애잔함을 자아낸다.

송시우 작가의 '버릴 수 없는'은 인권위원회 조사관 한윤서가 조현병 환자 살해 사건의 진상을 좇는다. 평소 사망자는 하루에도 몇 번씩 경찰에 신고하는 이른바 피해망상 진정인인 데다 집 안 가득 쓰레기를 쌓아 놓는 저장 강박 증세마저 있어 이웃은 물론 가족까지 꺼리는 철저한 주변인이었다. 무엇보다 인권위 조사관을 앞세운 이야기이니 만큼 인권의 상대적 역설이 첨예하게 대두된다. 이를테면 인권위는 일찍이 오빠에 의해 정신병원에 입원한 사망자를 퇴원시켰으니 부모가 아닌 형제에 의한 강제 입원은 엄연히 불법이다. 그렇다면 오빠의 반박처럼 그로 인해 피폐해진 가족들의 인권은 어디에 있단 말인가. 더욱이 피살자의 살해 경위를 뒤좇는 과정 곳곳에서 제기되는 문제 모두 그늘 속 인권으로 수렴되며 미스터리의 해답이 지닌 의미는 한층 분명해진다.

서미애 작가의 '까마귀 장례식'은 베트남 이주 여성의 죽음을 다루며 익숙한 듯 그동안 타자화했던 이들의 척박한 삶에 현미경을 들이댄다. 앞선 두 편에 의한 학습효과 때문인지 트릭과 결말을 어느 정도 예상할 수 있음에도 이주민과 완전히 동기화된 듯한 표현과 행동으로 인해 메시지는 보다 강렬하고 미스터리 서사는 더욱 절묘하게 다가온다.

'여성 미스터리 소설집'이라는 타이틀을 단 이 작품집은 여성 작가에 의한 여성을 향한 범죄극이다. 이는 곧 한국의 '사회파 미스터리'라 호명해도 좋을 만큼 핍진하며, 문제의식은 한결 선명하다. 무엇보다 어둠을 응시하는 작가의 눈이 한데 모여 흔한 논픽션을 넘어서는 픽션의 재미를 선사한다. 정말로 단 하나의 이름도 잊히지 않는다.

선한 가면 뒤에 숨긴 잔혹한 얼굴

「한낮의 방문객」

마에카와 유타카

언젠가 지인이 자기가 겪은 가장 무서운 일이라며 이런 이야기를 들려준 적이 있다. 낮에 혼자 집에 있는데 누군가 문을 두들기기에 열었더니 어떤 남자가 화장실을

쓰면 안 되겠냐고 했다는 것이다. 너무 다급한 표정이라 얼떨결에 수락했는데 남자가 화장실에 들어간 다음에야 이상한 생각이 들었다고 한다. 아니나 다를까 화장실을 쓰고 나온 이 남자가 집에서 나갈 생각을 하지 않더라는 것이다. 물 한 잔 달라며 이런저런 핑계를 늘어놓는 사이 심지어 남자의 일행인 낯선 여자까지 집에 들어왔다고. 이때부터 덜컥 겁이 나 완력으로 두 남녀를 집 밖으로 내쫓았는데, 생각해보니 뭘 팔러 온 것도 종교를 권유한 것도 아니었다는 대목에서 괜스레 머리가 쭈뼛 섰다.

　마에카와 유타카의 〈한낮의 방문객〉 또한 이런 실재할 법한 공포를 다룬다. 50대의 프리랜서 저널리스트이자 대학 시간강사인 다지마에게 옆집 자매가 도움을 요청해온다. 안 사도 그만이라며 집에 들어온 두 방문판매원이 세 시간째 고가의 정수기를 강매하고 있는 까닭이다. 다지마나 경찰이 와도 개의치 않고 뻗대던 이들은 결국 경시청의 미도리카와 형사가 개입하자 물러간다, '일단은'. 이 일로 말미암아 다지마는 미도리카와로부터 최근 경시청이 수사 중인 '방문판매 사건'에 대한 정보를 얻어 취재를 시작하는데, 방문판매원을 가장한 범인들의 행각은 생각보다도 훨씬 치밀하고 악랄하다.

늘 여섯 명으로 움직이는 이들은 공짜로 수질 검사를 해주겠다며 집에 들어가 갖은 방법으로 협박하다 정말로 돈이 없다고 판명되면 충동적으로 분풀이하듯 피해자를 살해했다. 게다가 주범은 있지만 종범은 계속 바뀌는 탓에 쉽사리 포착되지도 않는다. 이미 연쇄살인으로 변진 이 사건은 불특정 다수가 대상이라는 점, 그리고 범인이 통제되지도 통제할 생각조차 없다는 점에서 옆집에 찾아온 불청객에 비할 바가 못 된다.

사실 〈한낮의 방문객〉이 다루는 사건은 이 하나만이 아니다. 원래 다지마가 쓰던 르포 원고는 한 여성과 그의 다섯 살짜리 어린 딸이 아사한 사건이었다. 사망 당시 모녀는 전기와 수도마저 끊겨 세간에서는 예외를 용납하지 않은 수도국의 비윤리적인 조치가 비판받고 있는 상황. 다지마는 이를 일종의 고독사로 접근했지만, 옆집 일을 직접 겪고는 방문판매 살인 사건과 같은 관점에서 바라본다. 그로 인해 미성년자 시절 무리 지어 낯선 이의 집에 들어가 돈을 뜯고 폭행, 윤간, 살인까지 저질렀으나 이미 형을 살고 출감한 이가 용의자로 떠오를 뿐 아니라, 이 사건 또한 당연하다는 듯 잔혹하고 실감나게 묘사하는 등 작품 내내 무고한 죽음과 크고 작은 범죄들이 얽히고설

켜 낱낱이 전시된다.

〈크리피〉로 데뷔한 작가 마에카와 유타카는 자신의 첫 작품에서도 도움을 청하는 옆집 소녀로 사건의 전조를 알렸듯 이웃의 숨겨진 얼굴에 관심이 많은 작가다. 〈한낮의 방문객〉에서도 그는 유독 가까운 곳에서 잔인한 범죄를 그것도 여럿 건져 올린다. 더욱이 방문판매 살인이 주를 이루는 가운데 다지마가 기고 중인 잡지의 생태나, 그가 강의하는 대학의 권력 투쟁마저 단순히 핍진한 배경에 머물지 않고 모르는 사이 각 사건의 본질과 깊숙이 맞닿아 큰 그림을 완성하는 점이 무척 놀랍다. 과연 보이는 것보다 보이지 않는 진실은 더 끔찍하니 등장하는 모든 이의 선한 얼굴을 전부 의심해도 좋다.

익명이라는 이름의 덫

「그녀는 돌아오지 않는다」

후루타 덴

현실에선 누군가의 선명한 악의를 마주하기 쉽지 않은 반면 디지털 세상은 전혀 다르다. 자유로이 의견을 개진한답시고 인터넷 너머 상대에 대한 험담과 욕설도 서

습지 않는 '악플'이 단적인 예다. 익명 뒤에 숨어 온갖 추악한 말을 쏟아내는 데 그치지 않고 한 사람을 비난받아 마땅한 대상인 양 선동하는 일도 다반사다. 연예인들은 입을 모아 악플로 말미암은 만성적인 고통을 토로하는가 하면 때로는 이로 인해 허망하게 스러지기도 했다. 더 큰 문제는 대단한 악의를 가지고 벌인 행동이 아닐 경우에도 여지없이 상처를 낸다는 점이다. 날카로운 말로 상대를 찌르는 건 그만큼 쉽다. 동시에 무감하게 이루어지기에 죄책감은 적은 반면 파급력은 크다. 디지털 세계가 삶에 깊숙이 침투한 만큼 그로 인한 공포 또한 훨씬 핍진하고 구체적인 형상을 띠는 것은 너무나 당연해 보인다.

〈그녀는 돌아오지 않는다〉는 두 명의 인물을 중심으로 인터넷에서 익명의 악의가 교차하는 순간을 담아낸 작품이다. 촉망받는 편집자 카에데는 업무상 실수로 인해 기존 업무에서 배제된 후 새로운 프로젝트에 배정된다. 그는 새 프로젝트와 관련한 소재를 검토하던 중 어린 딸을 위해 코스프레 의상을 제작하며 제작기를 게재하던 블로그에 충동적으로 댓글을 단다. "당신은 아이를 정말 사랑하나요?" 딸의 옷을 만드는 일이 온전히 딸을 위해서가 아니라 구독자들의 관심을 받기 위한 위선이라는 생각에

서였다. 한편 공무원 다나시마는 딸의 의상을 제작하는 블로그로 인기를 얻던 와중 딸을 정말 사랑하냐는 댓글에 모욕감을 느낀다. 그는 곧 한껏 예의를 가장한 악의에 통찰력을 더한 악으로 화답한다. "혹시 자녀가 있으신가요?" 그렇게 카에데와 다나시마는 상대의 얼굴을 마주하지 않은 채 점점 수위를 높여가며 공격을 주고받는다.

재미있는 것은 카에데와 다나시마 두 사람 모두 유능하고 예의 바른 상식인이라는 점이다. 카에데가 반감을 갖고 댓글을 단 것부터가 업무 스트레스에 어릴 적 트라우마가 더해진 것으로 그 톤과 의미는 충분히 납득할 만하다. 그래서 더더욱 이름 모를 누군가로 인해 그의 삶이 송두리째 흔들리는 위기에 연민을 느끼게 마련이다. 다나시마 역시 오랫동안 식물인간 상태인 아내를 돌보는 가운데 후배에게 치이는 직장 생활이 부각되면서 이들 간의 갈등은 더욱 위태롭고 무용하게 다가온다. 그럼에도 평범한 악의는 곧 인터넷상의 집단 괴롭힘과 실제 스토킹으로 비화하며 뜻밖의 비극으로 이어진다.

〈그녀는 돌아오지 않는다〉는 아이카와 소, 하기노 에이 두 여성 작가가 후루타 덴이라는 공동 필명으로 집필한 두 번째 미스터리소설이다. 아이카와 소가 집필을 담당하고 하기노 에이가 플롯을 전담한 만큼 두 주인공의 시점을 교차하며 차츰 둘 사이의 의외의 접점으로 수렴해가는 형식은 무척 매력적이다. 그럼에도 중반 이후 두 사람 가운데 놓인 공백의 의미를 충분히 짐작할 수 있도록 의도적으로 여러 단서를 제시하는 등 반전에 철저히 방점을 찍은 작품은 아니다. 그보다는 너무나 가까운 곳에 있지만 익명이라는 이유만으로 서로를 인지하지 못해 벌어지는 비극과 두 인물 각각의 고단한 삶을 엮어가며 드러나는 의외의 파국이 더 마음을 끈다. 아픈 과거는 소멸되지 않은 채 다시금 인터넷을 부유하며 상처를 헤집는데, 어쩌면 그 대상이 등잔 밑에 있을지도 모른다는 가정이 잘 짜인 미스터리 위로 낯익은 공포를 잔뜩 소환한다.

소년은 울지 않는다

「나쁜 아이들」
쯔진천

때때로 범죄극은 기꺼이 응원할 만한 범죄를 다루기
도 한다. 우선 대부분의 복수극이 그렇다. 법치국가라면
무조건 죄악시할 사적 단죄를 전제하고 있음에도 악랄한

상대에게 받은 수모와 고통을 되갚는 서사에는 늘 인간적인 연민이 뒤따른다. 궁지에 몰린 누군가가 위법한 수단을 사용해 위기를 타개하는 과정 역시 마찬가지다. 이후 독자는 그가 공권력의 눈을 피해 무사히 사회에 스며들길 바란다. 더욱이 아무에게도 구원받을 수 없고 누구도 믿을 수 없는 상황에서 벌이는 고군분투와 임기응변은 강력한 서스펜스마저 불러일으킨다. 이때 그 주체가 약하면 약할수록 범죄는 마지못해 사용한 최후의 수단으로 격하하며 더욱 힘을 얻기 마련이다.

중국의 인기 추리소설가 쯔진천의 〈나쁜 아이들〉은 제목의 의미를 역설적으로 활용한 범죄 드라마다. 데릴사위인 장둥성은 아내에게 이혼을 요구당하자 처가의 재산을 차지하기 위해 우선 장인과 장모부터 살해하기로 맘먹는다. 1년 가까이 장인·장모의 환심을 산 장둥성은 마침내 교외에 위치한 산에 함께 올라 둘을 절벽 아래로 밀어버린다. 계획대로 아무도 없는 시간과 장소를 골라 사고사로 위장하는 데까진 성공했지만, 며칠 후 아이 셋이 찾아와 그에게 카메라를 내민다. 세 아이가 무심코 촬영한 동영상에는 그가 노인 둘을 절벽으로 미는 장면이 고스란히 담겨 있다. 심지어 이들은 동영상을 빌미로 돈을 요구하는 아주 질이 좋지 않은 녀석들이다.

물론 '나쁜 아이들'이라는 평가는 어디까지나 장둥성의 주관에 지나지 않는다. 이후 이야기는 줄곧 중학 2년생 주차오양과 그의 친구 딩하오, 푸푸에게 닥친 핍박과 위기에 초점을 맞춘 채 전개된다. 주차오양은 이혼한 아버지로부터 버림받은 채 홀어머니와 함께 지독히도 가난하게 살고 있다. 딩하오와 푸푸는 고아원에서 탈출해 어릴 적 친구인 주차오양을 만나 어른들의 눈을 피해 어울리던 중이었다. 주차오양의 아버지는 큰 회사를 경영하는 거부임에도 새로 꾸린 가정에만 충실할 뿐 주차오양에겐 정기적인 양육비조차 지급하지 않는다. 결국 주차오양은 어린 이복동생의 괄시를 감내하다 충동적으로 그를 살해한다.

〈나쁜 아이들〉은 일종의 도서倒敍 추리 형식으로 늘 아이들의 시점에서 이들이 벌인 범죄를 먼저 보여준다. 그러고는 이를 옥죄어오는 경찰 수사와 교활한 장둥성의 완전범죄를 직조한다. 이윽고 아내마저 살해한 장둥성은 아이들의 협박에서 벗어나기 위해 노회하게 포섭과 위협을 반복하고, 주차오양은 여기 영민하게 맞서는 동시에 자신의 살인을 은폐해야 한다. 살인 사건이 중첩되며 살인자와 또 다른 살인자가 대치하는 형식처럼 보이지만, 그럼에도 결국 아이들 편에 설 수밖에 없는 것은 이들을 극단으로 내모는 사회에 기인한다. 딩하오가 고아원을 벗어난 계기부터가 원장에게 성적으로 학대당하던 푸푸를 구하기 위해서였다. 연약한 아이들은 그저 영악한 척 어른의 약점을 이용해 위태로이 나아가는 수밖에 없는 것이다.

작품 내내 차례로 아홉 명이나 살해당하는 만큼 속도감이 굉장하며, 여러 인물들을 통해 지엽적으로 쌓아가는 정보는 뜻밖의 순간 입체적인 재미로 이어진다. 소년을 이야기의 중심에 던져놓음으로써 촉법소년 제도의 필요성과 문제점을 한 번에 아우르는 저변의 문제의식 또한 간과할 수 없다. 위기일발 소년을 응원하게 하는 탁월한 오락소설이면서 급기야는 생각할 거리마저 뭉텅 남긴다.

학교 폭력에 스러진 소년들

「밀어줄까?」

유키 슌

ⓒ바다출판사

　　일본 미스터리소설에서 학교는 빼놓을 수 없는 공간
중 하나다. 다양한 촉법소년 범죄를 비롯해 소년범에 대
해 형사상 특례와 보호처분 등을 규정한 소년법은 한때

일본 사회파 미스터리소설의 가장 중요한 소재이자 주제였다. 특히 현재 학교를 다니는 학생만이 아니라 어른들까지 누구나 겪은 불합리한 시절이라는 점은 학교를 기이하면서도 익숙한 공간으로 만들어내기 충분하다. 또한 어린 학생들이 공부하는 곳이기에 더더욱 도덕이나 규칙이 강요되지만, 그렇기에 오히려 일반 사회에서는 결코 통용되지 않는 상식의 선을 쉽게 넘나들기도 한다. 말하자면 학교는 일종의 독특한 폐쇄 공간이다. 얼핏 등하교가 가능한 열린 공간을 가장하고 있지만, 실은 교실 문이 닫히는 순간 외부와 완전히 차단되고 우리는 그 안에서 벌어지는 일에 대해 아무것도 알 수 없다.

〈밀어줄까?〉의 주인공이자 화자인 타이라 잇페이는 적당히 친구들과 어울리며 학교를 다니는 중학교 2학년이다. 어느 날 오랫동안 등교를 거부하던 동급생 마유코가 다시 교실에 모습을 드러낸다. 처음엔 마유코를 방관하던 학급 아이들은 어느 순간부터 조금씩 강도를 높여가며 그를 괴롭힌다. 그럼에도 마유코는 개의치 않고 모든 괴롭힘에 의연히 대처한다. 잇페이는 그런 마유코를 조금씩 도와주고 감싸지만 어쩐지 마유코는 전혀 고마워하지 않는다. 불온한 분위기는 점점 파급돼 학교 주변에서 심하게 훼손된 비둘기 사체가 발견되고, 동급생들이 연달아 사고로 죽는다. 이윽고 학교 익명 게시판에 잇페이가 과거 왕따 가해자였다는 게시물이 올라온다. 곧 아이들은 목표를 바꿔 잇페이를 노골적으로 무시하다 이내 다양한 방식으로 괴롭히기 시작한다.

이 작품의 핵심은 우선 일인칭시점으로 전개되는 잇페이의 섬세한 심상 묘사에서 찾을 수 있다. 잇페이는 처음엔 반 아이들을 노란색이니 분홍색이니 하며 성격과 위치를 분류하는 라이트노벨풍의 문장을 구사하며 한껏 밝고 평범한 학생으로 분한다. 여기에 잇페이의 자유분방한 집안 분위기는 그에게 어른스러움마저 더한다. 그렇기에 왕따를 당하면서 그가 감내하는 고통이 역설적으로 더더욱 크게 다가온다. 잇페이는 괴롭힘과 폭력으로 인해 이인증離人症, 즉 몸과 마음이 분리되어 스스로 관찰자가 되는 듯한 증상을 느끼는 등 여러 생경한 감정을 증언하면서 피해자의 위치에서 자신에게 닥친 변화를 작품 내내 생생하게 대변한다.

왕따를 감내하는 동시에 동급생의 의문사를 추적하면서 잇페이는 그동안 우리 어른들이 갖고 있던 의문에도 그 나름대로 답을 내어준다. 왜 학교는 눈앞에서 집단 괴롭힘이 벌어지는데도 모르고 있는지, 왜 당하는 학생은 누구에게 말하지도 상담하지도 못하는지를. 잇페이는 말한다. 완벽할 정도로 교사의 눈을 피해 벌어지는 일을 그 누가 알겠냐고. 또한 "창피를 무릅쓰고 처참한 자신을 솔직히 꺼내놓을 정도로 강건한 마음을 나는 갖고 있지 않았다"고도 고백한다. 그래서 이제야 괴로워서 자살하는 이의 마음이 이해가 된다고 말이다.

학생들의 잇따른 죽음과 단짝 친구의 등교 거부, 그리고 잔혹한 집단 괴롭힘에 이르는 모든 과정을 힘겹게 뒤쫓다 보면 그곳엔 결국 의식도 하지 못한 채 벌인 사소한 장난과 죄의식이 무겁게 자리하고 있다. 이는 마유코가 잇페이에게 여러 번 "살의가 없어도 사람을 죽일 수 있을까?"라고 질문했던 데에 대한 대답인 동시에 무감하게 벌이는 아이들의 폭력, 그 끔찍함과도 정확히 맞닿는 해답이다. 잇페이와 함께 그의 생존을 위한 추리에 동참하면서 그저 장난으로 그냥 재미 삼아 벌인 폭력과 괴롭힘, 그 참혹한 '보통의 사건'이 도처에 있음을 새삼 깨닫는다.

06
미래와 조우한
미스터리

#SF_미스터리

#SF스릴러

#디스토피아

그로테스크한 상상을
정교한 미스터리로

「인간의 얼굴은 먹기 힘들다」
시라이 도모유키

ⓒ낮친구하이브책

흔히 SF를 '가정假定의 문학'이라 하지만 그렇다고 가정이 SF의 전유물일 순 없다. 시라이 도모유키의 데뷔작 〈인간의 얼굴은 먹기 힘들다〉는 그 훌륭한 예로, 클론(복제인간)을 배양해 인육을 먹는 추악한 근미래 배경 위에 근사한 미스터리를 펼쳐 보인다. 처음엔 생경한 세계를 설계한 것이 마치 클론의 머리를 두고 벌이는 트릭을 위한 것처럼 보일 법하다. 그러나 추리 게임에 은근슬쩍 한눈 팔게 하더니 어느 순간 '만약에'로 구축한 시스템의 모순과 인간의 존엄이란 주제를 정확히 꿰뚫는다. 여기에 의식하지 못한 사이 슬그머니 진실을 드러내는 미스터리의 방식 그대로 적잖은 충격까지 얹어내면서 뒤틀린 상상력과 빼어난 미스터리의 요건을 모두 충족시킨다.

전 세계적으로 '코로나바이러스'가 대유행하면서 인류는 큰 위기를 맞는다. 짧은 시간 엄청난 사망자가 발생하지만, 머지않아 항바이러스제가 공급되면서 인류는 가까스로 안정을 되찾았다. 문제는 이 신종 바이러스가 인수공통의 전염병으로 포유류, 조류, 어류까지 감염된 데 반해 개발된 항바이러스제는 오로지 인간에게만 효과가 있다는 데서 불거졌다. 많은 가축이 살처분되고, 몇몇 동물은 멸종했다. 이후 인류는 극단적으로 육식을 거부하게 되었다. 인류 멸종에 근접했던 공포 때문에 채식주의를 선택하는 사람이 계속해서 늘어났기 때문이다. 이에 아이들 대다수가 성장 장애를 보이고, 채솟값은 급등하고 축

산업은 몰락하는 등 시장경제도 일대 혼란에 빠졌다.

이때 해결책으로 등장한 것이 클론을 사육해 인육을 공급하는 것이었다. 윤리적 문제를 해결하고자 공급되는 '고기'는 오직 자신의 클론으로 한정되며, 머리 부위는 제공되지 않는다. 그러니 이 시스템을 제안하고 구축한 유전학자이자 전 후생노동성 장관 후지야마가 자신의 머리를 배송받은 데엔 분명 모종의 이유가 있을 것이다. 후지야마의 제안으로 설립된 '플라나리아 센터'는 클론을 배양하고 사육해 정육과 배달까지 도맡는 시설로, 이곳에서 클론의 머리를 잘라내는 일을 맡고 있는 직원 가즈시가 가장 먼저 의심의 눈초리를 받는다.

가즈시는 누명을 벗고자 온갖 상황을 고려하며 범인을 추리한다. 애초에 후지야마가 클론을 이용한 트릭으로 과거 살인 사건의 용의선상에서 벗어났으리라 추측할 수 있는 만큼 독자는 복제인간을 활용했을 눈속임에 신경 쓰지 않을 수 없다. 그러나 트릭은 훨씬 정교할 뿐 아니라 핵심은 결국 음험한 욕망으로 똘똘 뭉친 인간을 향한다. 무엇보다 가즈시가 클론을 빼돌려 집 지하실에 감금, 사육하고 있는 비밀을 감춘 채 '머리 배송 사건'의 진범을 찾는 탓에 선악은 줄곧 회색을 띤다. 또 탐정을 자처하는 이가 진실을 말하기 전 갑작스레 사망하기도 하고, 가즈시의 지하실에서 비참한 몰골을 한 클론이 오히려 지금껏 본 적 없는 '안락의자 탐정'이 되어 의외의 국면을 만들어내기도 한다. 심지어 서술 트릭으로 몇 차례 극적인 반전이 이어지는 가운데 '인간을 사육해 고기를 먹는다'는 작중 당연한 전제를 뒤엎는 '혁명'이 묘한 카타르시스마저 안긴다. 그야말로 모든 것이 한데 수렴되는 복잡하고도 멋진 구조물 같다.

이 작품은 제34회 요코미조 세이시 미스터리 대상 최종 후보작에 올랐으나 수상에는 실패했다. 비인도적인 설정과 잔혹한 묘사가 애초에 많은 사람들의 취향과는 거리가 멀었기 때문이다. 하지만 그것이 좋은 작품이 아니란 뜻은 아니다. 오히려 그만큼 '충격작'임을 더더욱 방증한다.

나비의 꿈 아래 숨긴 현실감각

「완전한 수장룡의 날」

이누이 로쿠로

ⓒ21세기북스

　환상과 현실을 뒤섞는 것은 미스터리 스릴러의 흔한 수법 중 하나다. 살인범의 칼에 찔리는 순간 발작하듯 깨어나 꿈이었음을 깨닫고 안도하는 클리셰가 대표적이다.

하지만 만약 그런 장면이 두 번 세 번 반복된다면 어떨까. 그 효과가 점증해 어느 순간 착각을 넘어 진짜로 일어난 일이 어느 쪽인지 의심하게 될 것이다. 여기에 현실을 완벽히 모사한 가상현실까지 더해진다면 현실, 진짜, 실제가 담보했던 굳건한 경계는 그야말로 순식간에 무너진다. 이를 〈매트릭스〉류의 SF가 현실과 가상의 투명한 경계로 이야기했다면, 미스터리 장르는 진실을 유예하고 해답을 찾아가는 정공법 그대로 환상과 현실을 하나씩 정렬시켜 나간다. 요는 현실감각의 결여와 이에 대한 회복이다. 과연 현실이 맞긴 한지 그 진위만큼은 기필코 확인해야만 하는 것이다.

제9회 '이 미스터리가 대단하다' 대상 수상작인 〈완전한 수장룡의 날〉은 SF와 미스터리 각각이 탐구하던 부정확한 현실감각을 절묘하게 결합한 작품이다. 만화가 가즈 아쓰미는 자살 미수로 혼수상태인 동생 고이치의 뇌에 접속하는 최신 의료기술 '센싱'을 통해 그와 정기적으로 소통하고 있다. 아쓰미가 센싱을 통해 우선 알아내려는 것은 동생의 자살 이유다. 그 원인을 알아내지 못하면 만의 하나 고이치가 깨어난다 하더라도 다시금 자살할 우려가 있기 때문이다. 그래서 아쓰미는 고이치를 다시금 현실 세계로 이끄는 한편 그를 자살로 내몬 진짜 속내가 무엇인지 재차 캐묻는다.

그러나 둘의 커뮤니케이션은 늘 제자리걸음이다. 어린 시절 엄마의 고향인 외딴섬에서 놀다 둘이 함께 파도에 휩쓸려 갈 뻔했던 위험천만한 추억이나, 괴팍한 외할아버지에게 혼났던 기억을 빙 돌다 이내 센싱이 종료되기 일쑤다. 성과 없는 센싱을 마치고 마침 오랫동안 연재하던 만화마저 종료가 결정된 시점, 섭섭한 마음을 추스르던 아쓰미 앞에 느닷없이 고이치가 나타난다. 고이치는 J. D. 샐린저의 소설 〈바나나피시를 위한 완벽한 날〉에 대해 이야기하다 마치 소설의 마지막을 흉내 내듯 권총으로 자신의 머리를 쏘고 쓰러진다. 벌어질 리 없는 일을 목도하고 나서야 아쓰미는 생각한다. 나는 언제부터 고이치와 '센싱'을 이어가고 있는 거지?

〈완벽한 수장룡의 날〉을 지배하는 것은 지극히 서정적인 분위기다. 혼수상태인 고이치가 집에 나타나 쓸쓸히 자살하는 불가해한 사건을 시작으로, 같은 상황과 대화가 마치 데자뷔처럼 반복되면서 현실과 환상의 경계가 조금씩 허물어진다. 게다가 아쓰미의 현재는 늘 아릿한 맛을 자아내는 유년기의 추억으로 이어지곤 한다. 어릴 적 가족들과 여행 간 남쪽 섬의 나른한 분위기, 일찍이 엄마를 여의고 만화가로 데뷔하기까지의 암울했던 시절을 담담한 필치로 묘사하면서 아스라이 피어오르는 환상과 불안한 현실감각을 교묘하게 엮어가는 것이다. 그렇게 아쓰미는 일상을 침식하는 비일상을 경험하면서 결국 마음속 깊이 침잠시켜야 했던 진실을 깨닫는다.

작중 여러 번 언급되는 '호접몽' 또한 이 작품의 주제이자 소재이면서 특유의 환상적인 필치와 정확히 일치한다. 꿈에 나비가 된 것인지 나비가 장자의 꿈을 꾼 것인지 갸우뚱하는 그 어렴풋한 순간 그대로 아쓰미가 맞닥뜨린 현실과 그 현실이 풍기는 분위기는 내내 기이한 느낌을 자아낸다. 아쓰미가 진실에 다가서는 모든 순간이 과거를 통해 그려지고, 그 역시 기억이라기보다는 추억에 가까운 것도 그래서다. 그렇게 추억의 미로를 헤집다 현실이라는 단단한 바닥마저 무너뜨리는 순간, 끝내 아쓰미가 덮어둔 서글픈 진실을 목도하게 된다. 더불어 인간이라는 미스터리와 인간적인 SF가 교차하는 순간까지도.

그리고 가상공간에는
아무도 없었다

「버추얼 스트리트 표류기」
미스터 펫

2020년, 6년 전 대지진으로 완전히 파괴된 타이베이 시먼딩 거리가 가상현실로 복원 중이다. 이 '버추어 스트리트' 프로젝트는 타이베이의 명동으로 불리는 유명 상

업지구 시먼딩을 가상현실로 완벽히 복구하는 것으로, 이용자는 실제와 같은 감각으로 거리를 활보할 수 있다. 게다가 단순히 지진 전 거리를 관찰하고 체험하는 데 그치는 것도 아니다. 힘 피드백 시스템을 활용해 물건을 집어 들고 감촉까지 느낄 수 있는 덕에 이곳 가상의 상점가에서는 실제로 물건을 사고파는 일까지 가능하다.

그렇게 프로젝트 완성을 코앞에 둔 시점, 서버 내 접속자 한 명이 계속 남아 있는 이상 징후가 발견된다. 프로젝트 책임자이자 새로운 시먼딩의 창조주이기도 한 '다산大山' 허옌산과 부하 직원 옌루화는 함께 가상의 시먼딩 거리를 뒤지다 곧 이상 접속자를 발견한다. 붉은색 모자와 상의를 입은 듯 보이는 익명의 이용자가 후두부에 상처를 입은 채 사망해 스스로 종료할 수 없었던 것. 조사 결과 사용자가 접속한 공간은 살인과는 무관했다. 머리 뒤에 상처를 입었으니 자살일 리도 없다. 명백히 가상현실 속에서 살인 사건이 벌어진 것이다.

제1회 시마다 소지 추리소설상 수상작인 〈버추얼 스트리트 표류기〉는 '최신 과학기술을 활용한 21세기형 본격 추리소설'이라는 수상 요건에 정확히 부응하는 작품이다. 우선 본격 추리소설이라는 바탕에 걸맞게 몇 차례나 실제 시먼딩의 평면도를 펼쳐놓은 채 다산과 옌루화의 이동 경로를 추리한다. 가상현실 안으로 들어가는 여러 개의 '전송문'과 이중으로 구성된 접속자 관리 체계 등 가상현실만의 시스템을 활용한 '닫힌 구조' 또한 충분히 새롭다. 그럼에도 특별한 점들은 오히려 본격 추리 요소 바깥에 잔뜩 놓여 있다.

작품은 크게 3부로 나뉘며 각 부는 4개의 장으로 구성되어 있다. 이 4개의 장 중 3개의 제목은 '이립의 해', 마지막 1장은 '딸'인데 제목에 따라 화자가 달라진다. 특히 '딸'의 장은 살인 사건을 다룬 '이립의 해'와는 의아할 정도로 다른 이야기를 풀어놓는다. 마치 다산의 영유아 딸의 시점인 듯 수상한 기운을 풍기며 전개되는 이야기는 장이 거듭될수록 강强인공지능에 매달렸던 다산의 과거와 합일되며 그 정체를 분명히 한다. 또한 옌루화의 서술로 진행되는 '이립의 해' 역시 자신보다 고작 열두 살 많은 양어머니 판웨이양과의 기묘한 인연이 살인 사건의 실체와 서서히 맞닿는다. 이윽고 다산은 거짓 자수를 하고, 옌루화는 다산이 범인이 아님을 증명하기 위해 진범의 정체를 추리한다. 힘의 80퍼센트밖에 발휘되지 않도록 설계된 힘 피드백 시스템의 공고한 법칙을 깨고 사람을 죽인 것은 과연 어떤 트릭, 아니 '무엇'이었을까?

　그동안 본격 추리소설은 살인을 고작 게임처럼 그려냈다는 비판과 늘 맞닥뜨려야 했다. 그런 면에서 차라리 이 작품은 인간성을 탐구하는 문학 본연의 답에 가깝다. 이야기는 살인범을 찾는 미스터리이기 이전에 결국 가족이라는 연대의 기저와 이를 힘겹게 '만들어가는' 과정이 모든 사건의 바탕을 이루고 있기 때문이다. 실제로 작품의 부수적인 플롯처럼 보이는 이야기들이 합일되고 더불어 '딸'의 장이 거듭될수록, 다산이 정말로 지키고자 했던 것과 범인마저 자연히 모습을 드러낸다. 게다가 모든 이야기는 작중 여러 번 언급되는 '뫼비우스의 띠'처럼 처음과 끝이 하나로 맞물린 명민한 순환 고리로 완성된다. 그 순환 고리란 결국 복수와 용서가 머리와 꼬리를 문 모양새로, 책장을 덮자마자 다시 첫 페이지를 펼치게 되는 것 역시도 같은 이유 때문이다. SF와 미스터리, 두 장르의 장점이 절묘하게 합치된 덕에 인간성에 대한 질문마저 꼬리에 꼬리를 무는, 그야말로 새로운 미스터리소설이다.

완벽한 연인을 찾아드립니다

「더 원」

존 마스

평생의 인연, 운명의 상대. 로맨스 장르에선 토대나 다름없는 말이지만 그만큼 판타지에 가까운 것이기도 하다. 누구나 갈구하지만 누구나 가질 수는 없으니까. 그러

니 한 번쯤 상상해볼 법하다. 만약 모든 사람들에게 이 세상 단 한 명 존재하는 운명의 상대를 짝지어준다면 어떨까. 세상은 핑크빛으로 물들어 마냥 행복하기만 할까? 반대로, 모든 인위적인 가정이 그러하듯 결국 인간은 불완전한 상태나 새로운 결핍을 향해 나아가는 것은 아닐까?

〈더 원〉은 유전자 정보에 기반한 'DNA 매치'를 통해 운명의 상대를 연결해주는 가까운 미래의 이야기를 다룬다. 원리는 이렇다. 완벽한 짝을 만난 인간은 몸속의 가변 유전자가 페로몬을 분비하고, 상대방은 해당 페로몬에 정확히 반응하는 수용기를 만들어낸다. 이 새로운 발견에 기초해 자신의 DNA 정보만 제공하면 매치 시스템이 유전자를 공유하는 완벽한 반려를 찾아준다. 여전히 반신반의하는 마음으로 상대를 만나지만 일단 운명의 상대를 만난 다음에는 그 누구라도 살면서 한 번도 느껴보지 못한 '폭발'하는 듯한 감정의 동요를 느낀다. 심지어 DNA 매치는 동성애 혐오, 종교적 증오, 인종차별을 거의 사장 직전까지 몰아냈다. 성적 지향이나 피부색, 신앙심, 문화적 차이조차 유전자 정보에는 아무런 영향을 끼치지 않으니까. 인류의 변혁과 번영은 예고된 것처럼 보인다.

물론 부작용이 없을 리 없다. 우선 DNA 매치 덕에 전 세계 약 300만 쌍의 커플이 이혼할 거라 추산된다. 아무리 오랜 세월 함께한 부부라도 '진짜 짝'이란 판타지에 매료된 나머지 반려에 대한 의심이 싹터 필연적인 이별로 이어진 탓이다. 덕분에 매치를 통해 만나지 않은 커플을 향한 세상의 시선부터가 완전히 달라졌다. 또한 지리적 위치를 감안하지 않은 매치도 빈번하게 발생하며, 극단적으로는 상대가 90세 노인이거나 이미 사망한 경우도 있다. 결국 이 역시 누구나의 판타지가 아니라 누군가의 판타지에 불과해 보인다.

〈더 원〉이 다루는 다섯 가지 이야기 역시 그렇다. 매치를 이용하는 다섯 인물 각각의 사례는 차례로 교차하며 '절대적인 상대'란 말에 서린 불완전한 요소들을 이끌어낸 다음 이를 슬그머니 스릴러로 수렴한다. 이혼녀 맨디는 용기 내어 매치 상대를 찾아가지만 하필이면 첫 만남이 그의 장례식이다. 여기에 그치지 않고 남자의 가족들은 맨디에게 냉동 정자 수정을 강요하면서 이야기는 차츰 음험한 진실을 향해 나아간다. 연쇄살인범 크리스토퍼의 상대는 자신을 쫓는 경찰로, 사이코패스였던 그는 점차 스스로도 주체할 수 없는 사랑이 싹트면서 조금씩 흔들린다. 제이드가 영국에서 호주까지 날아가 만난 매치는 죽음을 앞둔 시한부 환자다. 그래서인지 그 운명의 상대에게선 아무런 감정도 느낄 수 없는 반면 오히려 그의 매력적인 동생에게 끌린다. 결혼을 앞둔 닉은 약혼녀의 권유로 매치 결과를 알아보지만 황당하게도 그의 매치는 남자다. 그는 완벽한 이성애자인데. 대기업 CEO 엘리가 자신의 신분을 숨기고 만난 매치는 유머러스하고 털털한 남자지만 뭔가 비밀을 감추고 있다. 아마도 엘리가 운영하는 기업이 'DNA 매치'라는 사실과 무관하지 않을 것이다.

〈더 원〉은 지금까지 만나고 이별했던 모든 지난한 과정들은 이 완벽한 시스템이 없었기에 겪은 비극이 아닐까 싶은 원천의 희극을 아우르는 동시에 '완벽한 사랑'이란 이름의 서스펜스를 다채로운 스펙트럼 위에 풀어낸다. 몇 번의 충격적인 반전과 함께 직조되는 각각의 아이러니한 결과도 흥미롭지만, 사랑이라는 인간 본연의 욕망을 따라 점차 농밀해지는 스릴러의 맛이 무엇보다 알싸하다.

모든 것은 인과율에 의해

「죽음을 보는 재능」

M. J. 알리지

트로이의 공주 카산드라는 아폴론 신에게 예언 능력
을 부여받았지만 그의 구애를 거절하는 바람에 저주를
받아 사람들을 설득하진 못하는 모순적인 예언가다. 결

과적으로 목마를 경계해야 한다는 카산드라의 예언을 아무도 믿지 않아 트로이는 멸망했고, 이 신화는 지금까지도 수시로 소환되며 예지 능력에 서린 운명적 모순의 뼈대를 이룬다. 불길한 미래를 내다보면서도 이를 바꿀 능력은 없어 절망하는 예지자의 불행한 삶을 조망하는 한편, 무엇보다 인간의 선한 자유의지와 온갖 변수를 묵살한 채 모든 것이 정해진 대로 흘러간다는 운명론 서사의 매력이 여전하기 때문이다.

〈죽음을 보는 재능〉은 제목에서도 알 수 있듯이 예언가 카산드라의 불행한 운명을 그대로 밑거름 삼은 미스터리극이다. 10대 소녀 카산드라, 애칭 케이시에겐 다른 이의 죽음의 순간을 미리 볼 수 있는 능력이 있다. 그러나 이는 축복이 아니다. 눈을 마주친 상대의 죽음을 응시한다기보다는 그 순간의 상황과 느낌을 그대로 체험하는 탓에 일반적인 사회생활조차 그에겐 너무나도 버겁다. 특히 죽음이 얼마 남지 않은 사람일수록 고통이 더 어마어마해 비명을 지르며 쓰러지는 일도 다반사다. 그가 마약 소지, 폭력, 절도 전과에 수시로 무단결석을 일삼으며 마치 스스로를 고립시킨 듯 보이는 것은 그런 이유 때문이다. 한때는 그런 케이시 역시 적극적으로 타인의 죽음을 막기 위해 노력하기도 했다. 하지만 결과는 바뀌지 않았고 오히려 그때마다 누명을 쓰기 일쑤였다. 그러니 무엇을 하겠는가. 그저 매일 대마초나 피우며 환각에 빠질 수밖에.

이 작품의 매력은 신화 속 카산드라의 불행한 운명 그대로 케이시의 저주받은 삶을 연쇄살인범 수사와 긴밀히 연결 짓는 데서 우선 찾을 수 있다. 우연히 연쇄살인범에게 잔인하게 고문당하다 살해되는 이와 마주친 케이시는 살인을 막기 위해 고군분투하지만 그의 노력은 거의 매번 독이 되어 돌아온다. 범죄 현장일지 모르는 피해자의 집을 막무가내로 방문했을 뿐 아니라 살해 장면까지 구체적으로 묘사하니, 이는 그 즉시 살인에 직접 관여했거나 살인범과 내통하고 있다는 의심을 살 수밖에 없다.

더욱이 마땅히 케이시의 유일한 조력자가 될 거라 생각했던 정신과 상담의 애덤조차 끝내 케이시의 능력을 믿지 않는다. 이는 케이시가 목도리로 눈을 가린 채 8차선 도로를 횡단하는 기묘한 광경을 목격한 후에도 마찬가지다. 케이시에겐 자신의 죽음은 이때가 아니라는 확신에 찬 각오였겠지만, 애덤에겐 스스로를 저버린 듯한 케이시의 피폐한 정신만 계속 눈에 들어올 따름이다. 그럼에도 케이시는 애덤과의 만남이 타고난 저주에서 벗어나기 위한 마지막 방편이 아닐까 생각한다. 애덤이 자신을 살해하는 스스로의 최후 또한 이미 알고 있기 때문이다.

과연 케이시의 능력이 그의 정해진 미래를 바꿀 수 있을까 하는 기대와 애덤에게 살해당한다는 다소 믿기 힘든 운명론적 귀결을 저울질하다 보면 어느 순간 결말 또한 쉽게 예측할 만하다. 그럼에도 400페이지 분량의 소설을 무려 151개나 되는 챕터로 잘게 쪼개어 마치 독자로 하여금 생각할 틈을 주지 않겠다는 듯 급변하는 전개는 여러 번 정답을 가장한 함정을 내며 미지의 범인을 좇는 과정마다 케이시의 위기를 직접 대입시킨다. 인간이 발버둥 친들 아무것도 바꿀 수 없다는 메시지엔 동의할 수 없을지라도 숙명이라는 이름의 서사만큼은 충분히 즐길 수 있을 것이다.

희망, 통제사회에 균열을 내다

「화성에서 살 생각인가?」

이사카 고타로

이사카 고타로는 그간 사회 비판적인 이야기를 여럿 써왔지만 그 방식은 대체로 은유에 가까웠다. 특히 우리 의 진짜 현실인 양 비관적인 세계를 형상화하면서도 비

현실적인 판타지 요소를 너르게 활용했기에 더더욱 그렇게 보이기 충분했다. 게다가 그 판타지란 대개 대책 없는 낙관처럼 보이는 것들이었다. 한 정치가의 선동을 직접적으로 파시즘의 공포와 연결시킨 〈마왕〉에서 마침내 대중 위에 선 '마왕'과 맞서 싸운 이는 다름 아닌 미미한 초능력을 앞세운 두 형제였다. 염력을 사용함으로써 자칫 나락으로 빠질 수 있었던 캠퍼스 스토리에 희망을 드리운 〈사막〉은 어떠한가. 각기 다른 특기를 감춘 킬러들의 대결을 그린 〈그래스호퍼〉와 〈마리아비틀〉에서도 비정한 세계의 암울한 기운을 일소하는 인간의 불가사의한 힘이 곳곳에서 고개를 들었다. 이렇듯 '이사카 월드'에는 늘 절망을 뒤집는 그럴듯한 희망이 잠재해 있다.

　〈화성에서 살 생각인가?〉는 이사카 월드로 수렴하는 다른 소설과 마찬가지로 이번에도 역시 작가의 실제 고향인 센다이仙台를 무대로 삼는다. 그래서 군상극으로 여러 사람들의 이야기를 촘촘히 나열하다 어느 순간 국가 권력이 '평화경찰'이라는 기구를 설립해 '안전지구'의 주민을 통제하는 상황은 어쩐지 갑작스럽기까지 하다. '위험인물'로 지목받는 것만으로 구금되고 갖가지 방법으로 고문받는 살풍경한 광경 역시 충분히 비현실적이다. 특히 스테인리스 재질로 만들어진 단두대를 사용해 불순분자를 공개 처형한다니, 이 모든 것이 더더욱 우화처럼 느껴질 만하다. 그럼에도 공인된 국가권력이 어떻게 사람들을 통제하는지를 건조하고 무감하게 묘사하면서 비현실은 곧 당면한 현실로 변모한다. 평화경찰의 취조 방식만 보더라도 죄를 자백시킨다기보다는 경찰관들의 가학적인 욕망을 채우기 위한 일종의 '오락'처럼 묘사되니 말다했다.

물론 이 잔혹한 세계에도 곧 한 줌 희망이 모습을 드러낸다. 전작에서도 여러 차례 다채롭게 형상화된 바 있는 '정의의 편'이 등장해 평화경찰의 폭거에 홀로 대립하는 것이다. 그는 검은 옷과 복면을 착용한 채 목검과 골프공 크기의 불가사의한 구슬을 사용하며 평화경찰의 압제로부터 시민들을 구한다. 정의의 편이라는 낯간지러운 이름 그대로 굳이 만화에나 등장할 법한 히어로를 내세우지만, 공권력에 맞서 영리하게 자기에게 주어진 몫만을 구제하려는 그 나름의 모토가 언급되는 순간 정말로 그럴듯한 힘을 얻는다. 그리고 정의의 편의 정체나 목적이 마침내 극을 관통하는 미스터리를 이루면서 이야기는 감시·통제사회의 균열과 참상을 더욱 극명하게 드러낸다.

얼핏 우화로 가득 차 있는 것 같지만 한편으로 우리에게는 멀지 않은 아픈 현대사를 직접적으로 연상시키는 이야기이기도 하다. 여러 번 묘사되는 취조실의 잔혹한 면면하며, 평화경찰이 평범한 시민을 범죄자로 둔갑시키고, 살인을 은폐하고, 마침내 권력을 탐하는 모든 과정이 그러하다. 그러기에 작품의 클라이맥스에서 여러 명의 시민을 인질 삼아 정의의 편을 색출하는 절망의 순간, 이를 타개하는 의외의 국면은 현실에 잠재해 있는 강력한 희망마저 보여주는 듯하다. 제목인 〈화성에서 살 생각인가?〉역시 그런 의미에서 다시 한번 힘을 얻는다. 이 나라가 싫으면 화성에라도 갈 거냐는 경찰관의 비아냥거림이 결말부에선 "세상은 좋아졌다 나빠졌다 하니까. 그게 싫으면 화성에라도 가서 사는 수밖에 없"다는 긍정의 메시지로 바뀐다. 우리의 현실을 경고하는 디스토피아가 힘겹게 인간을 긍정하는 마무리로 나아가기까지, 이번에도 역시 이사카 고타로가 전하는 진중한 희망의 가치는 반짝반짝 빛난다.

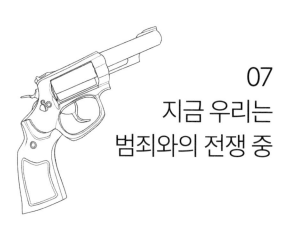

07
지금 우리는
범죄와의 전쟁 중

#경찰소설

#민완기자

#법정소설

'기레기' 너머 진짜 기자

「그래서 죽일 수 없었다」
잇폰기 도루

최근 픽션에 등장하는 기자들 대부분은 언론의 순기
능과 거리가 멀다. 부조리를 고발하는 감시자로서의 역
할보다는, 자기 잇속을 채우기 위해 거짓 기사는 물론 협박도 서슴지 않는 후안무치한 캐릭터나 거악에 협력하는 반동인물이 훨씬 더 익숙하다. 사회부 민완 기자를 주인공으로 내세운 작품이 아닌 이상 기자를 향한 이러한 편향된 캐릭터성은 잠깐 지나치고 말 유행으로 치부할 수 없을 만큼 고착화됐다. 정말로 정의로운 기자가 등장한들 쉽게 의심의 눈초리를 거둘 수 없어 창작자의 의도와는 무관히 입체적인 캐릭터로 보이는 현상 또한 이를 방증할 만하다. 그러나 '기레기'라는 멸칭만큼이나 가깝고도 편리한 캐릭터를 동원하는 사이, 언론의 본질과 시장에서의 경쟁력까지 함께 고민해야만 하는 언론인의 딜레마를 이야기하는 작품은 그만큼 드물어졌다.

잇폰기 도루의 〈그래서 죽일 수 없었다〉는 그런 희소해진 주제를 앞세운 보기 드문 미스터리소설이다. 작가의 필명이자 이 작품의 주인공이기도 한 사회부 중견 기자 잇폰기 도루는 〈다이요 신문〉이 기획한 '범죄 보도·가족 시리즈'의 마지막 3부를 써서 호평받는다. 1부와 2부에서 각각 '피해자와 가족', '가해자와 가족'을 다루며 세간의 관심을 불러일으킨 신문이 결말을 어떻게 맺을지 고민하던 와중, 잇폰기는 자신의 실제 경험을 토대로 그야말로 '기자의 통곡'이라는 부제에 걸맞은 기사를 써냈다. 이는 과거 자신의 특종 보도로 인해 약혼녀의 아버지가 구속된 사건으로, 누구도 그에게 책임을 묻지 않았음에도 그간 계속 짊어질 수밖에 없었던 직업윤리와 '내면의 죄'에 관한 내밀한 고해였다.

기사가 화제가 되면서 곧 그에게 한 통의 편지가 도착한다. 편지의 발신인은 최근 발생한 무차별 살인 사건의 진범으로, 그는 잇폰기에게 살인에 대한 정보를 담보로 신문을 통해 자신과 공개 토론할 것을 제안한다. 〈다이요 신문〉은 살인범에게 지면을 할애하는 것이 옳은지 고민하다 결국 제안에 응하고, 잇폰기와 범인이 인간과 도덕, 본능과 범죄에 얽힌 철학적인 논쟁을 이어가면서 아이러니하게도 신문의 판매량은 치솟는다. 물론 신문이 범인의 '극장형 범죄'를 조장하고 이용한다는 비판과도 직면하지만.

잇폰기는 연쇄살인범을 저지하고자 기사를 쓰는 동시에 그의 진짜 목적과 정체를 밝히기 위해 고군분투한다. 그리고 이 작품의 또 다른 화자인 청년 요이치로의 모놀로그가 교차하면서 베일에 가려진 범인의 의도와 지면을 통해 과시하듯 전시한 사건의 내막이 뒤섞인다. 신문의 존재 가치와 윤리의식을 저울질하는 언론사의 모순이 단단한 외피를 이루는 가운데, 요이치로 아버지의 뜨거운 부정父情이 서서히 사건의 핵심을 이루며 내부를 채워 나가는 방식이다. 그래서 범인의 목적과 정체를 유예하는 사이 주변부처럼 보이는 요이치로의 이야기가 잇폰기 기자의 과거사와 차츰 접점을 이루는 과정이 무척이나 놀랍다. 취재 윤리를 운운하면서도 결국 시장 논리에 흔들리는 언론의 위태한 상황은 뜻밖의 반전과 잇폰기와 범인 간의 수려한 논쟁까지 하나로 아우르며 그렇게 언론의 현실을 낱낱이 훑는다.

잇폰기 도루의 데뷔작인 이 작품은 2017년 제27회 아유카와 데쓰야 우수상을 수상했다. 당시 이마무라 마사히로의 〈시인장의 살인〉이 워낙 센세이셔널했던 탓에 최고상 수상에는 실패했지만 심사위원들은 예외적으로 우수상을 수여하며 힘을 실어주었다. '살인 사건을 이용한 보도'라는 다소 자극적인 소재를 언론 내부의 자성으로 수렴한 미스터리의 첫발은 그만큼 묵직하다.

기자 윤리로 수렴하는 미스터리

「왕과 서커스」
요네자와 호노부

요네자와 호노부의 〈왕과 서커스〉는 2001년 실제 일어난 네팔 왕실 살인 사건을 배경으로 한 작품이다. 네팔의 황태자가 왕과 왕비를 포함해 국왕 일가 여덟 명을 사

살한 사건이 벌어진다. 부모를 살해했다고 알려진 황태자 또한 현재 위중한 상태인데, 그가 깨어날 경우 왕위를 계승받을 것으로 알려지면서 왕궁 앞은 존경받는 왕을 잃은 시민들의 슬픔과 분노로 소용돌이친다. 마침 여행 아이템 취재차 네팔 카트만두에 체류 중이던 프리랜서 기자 다치아라이는 사건의 내막을 기사화하기 위해 당시 왕실 현장에 있었던 군인과 어렵사리 접촉한다. 그러나 그는 자청한 자리임에도 지나치게 말을 아끼고, 뜻밖에도 다음 날 골목에서 사체로 발견된다. 다치아라이가 우연히 목격한 그의 등에는 'INFORMER(밀고자)'라는 문구가 칼로 새겨져 있었다.

요네자와 호노부는 〈빙과〉로 데뷔한 이래 청춘과 미스터리를 엮어낸 작품으로 입지를 다진 작가다. 〈빙과〉 〈바보의 엔드 크레디트〉로 이어지는 '고전부 시리즈'와 〈봄철 한정 딸기 타르트 사건〉 〈여름철 한정 트로피컬 파르페 사건〉의 이른바 '소시민 시리즈'는 모두 고등학생을 내세운 수수한 청춘 미스터리였다. 이후 폐쇄 공간에서의 살인 게임을 다룬 〈인사이트 밀〉을 전환점 삼아 완연한 본격 미스터리로 노선을 넓혔다. 뒤이어 〈덧없는 양들의 축연〉 〈추상오단장〉에서는 다섯 가지 미스터리를 교차시키며 환상적인 분위기를 한껏 부각하더니, 〈부러진 용골〉은 아예 판타지 세계에서의 새로운 법칙을 추리의 토대로 삼았다. 그래서 더더욱 〈왕과 서커스〉의 질감은 독특하게 느껴진다. 다치아라이가 정보원의 죽음을 추적하는 방식은 단서를 조합해 진실을 파헤치는 본격 미스터리의 정도를 그대로 따르는 한편, 기자의 보도 윤리를 정확히 중심에 놓은 채 진실과 주제를 한데 아우르고 있기 때문이다.

　　여러 차례 기자 윤리의 핵심을 파고드는 데서도 작품의 정체성을 재차 확인할 수 있다. 다치아라이는 정보원이 '밀고자'라는 낙인이 찍힌 채 살해당한 것이 명백한 협박임을 알지만 정확히 무엇을 쓰지 말라는 경고인지는 알지 못한다. 게다가 이 살해 사건은 오로지 자신만 아는 것이다. 즉 특종이기에 이를 어떻게 다뤄야 할지 고민하면서 내내 기자로서의 신념을 저울질한다. 〈대머리독수리와 소녀〉를 찍은 사진작가가 보도사진에 주어지는 최고의 영광인 퓰리처상을 수상한 반면 죽어가는 소녀를 외면했다는 비난으로부터 자유로울 수 없었다는 일화 역시 다치아라이의 취재 윤리를 관통하는 상징이나 다름없다. 결국 그는 애초에 기자의 직무란 진실을 확증하는 게 아니라 다양한 각도에서 이야기를 취합하는 것이란 답을 내놓는다. 무한한 지면과 시간이 주어진 것이 아니기에 무엇을 쓰지 않을 것임을 취사선택할 수밖에 없다며 기자의 본분으로부터 결론을 이끌어낸 것이다.

게다가 이러한 고민은 결코 기자 윤리에 대한 성찰에 그치지 않고 살인의 동인 및 진상과도 긴밀히 연관된다. 제목의 '서커스' 역시 누군가의 참극이 다른 누군가에게는 더없이 자극적인 오락으로 소비되는 보도의 함정을 은유하는 동시에 왕실 사건과는 무관한 무대 뒤 진실을 건드리는 것이기도 하다. 초반부 다치아라이의 성별을 오독하도록 하다 별것 아니라는 듯 다잡는 방식에서도 알 수 있듯, 등장인물 중에 범인을 숨긴 본격 미스터리의 핵심과 기자의 철학이 절묘하게 어우러진 특별한 작품이다.

경찰소설을 대표하기까지

「마약 밀매인」

에드 맥베인

마약 밀매인

THE PUSHER

에드 맥베인의 '87분서 시리즈'는 가히 경찰소설의
교과서 격인 작품이다. 그것도 꽤나 방대한 교재. 1956
년 〈경찰 혐오자〉로 시작한 시리즈는 2005년 작가 에드

맥베인이 사망하기까지 55권의 책으로 가상의 도시 아이
솔라에서 분투하는 87분서 형사들의 활약을 입체적으로
그려냈다. 작품마다 시리즈의 주역인 스티브 카렐라 형
사만이 아니라 동료 형사인 마이어 마이어, 버트 클링, 코
튼 호스, 아서 브라운 등이 번갈아 전면에 나서면서 형사
개개인의 개성과 다채로운 시각이 돋보이는 흥미로운 군
상극을 이루는 게 특징이다. 더욱이 여러 형사들의 특별
한 면면이 개별 사건에 깊숙이 개입하는 것은 물론이고,
경찰 정보원을 비롯한 다양한 주변 인물과 아이솔라의
뒷골목까지 차례로 포섭함으로써 가상 도시에 약동하는
생명력마저 불어넣었다.

　시리즈의 세 번째 작품인 〈마약 밀매인〉은 87분서의
매력을 한껏 발산하는 초기 대표작 중 하나다. 빈민가 지
하실에서 목매달아 자살한 것으로 보이는 10대 소년의
사체가 발견된다. 사망한 소년은 푸에르토리코 이민자로
이 근방에서 가장 유명한 마약 판매상으로 밝혀진다. 그
리고 그의 사인 또한 교살이 아닌 헤로인 과다 복용으로
드러난다. 그렇다면 이상한 일이다. 목에 감긴 밧줄은 숨
을 거둔 뒤 감긴 게 분명하고, 소년의 사체 옆에 떡하니
놓여 있는 주사기에는 그의 것이 아닌 다른 이의 지문이

남아 있기 때문이다. 즉, 범인은 마약 과용으로 인한 자살 혹은 사고사로 충분히 위장할 수 있는 범행을 굳이 타살 정황이 보이도록 애써 꾸며놓은 것이다. 카렐라 형사는 마약 구매자들을 통해 용의자를 압축하고 곧 '곤조'라는 별명의 마약 밀매인을 찾기 위해 위험을 무릅쓴다. 한편 피터 번스 반장은 주사기에 남은 지문이 자신의 아들 것임을 알리는 의문의 협박 전화를 받고 내내 갈등한다.

사건은 이내 연쇄살인으로 치닫고, 수사를 거듭하며 어둠을 향해 계속 침잠하는 카렐라 형사의 눈은 시종 도시 언저리를 응시한다. 일찌감치 마약에 중독된 10대만이 아니라 돈 몇 푼에 몸을 팔지 않으면 살아갈 수 없는 이민자 여성들, 그리고 이들에게 기생하는 온갖 인간들. 심지어 결말에 이르러서는 이 밑바닥 인생들을 이용해 살인도 불사했던 범인의 진짜 의도가 드러나는데 그 살해 동기가 너무나도 미약해 더더욱 묵직한 충격을 안긴다. 물론 이와 동시에 로저 하빌랜드 형사가 용의자를 윽박지르며 심문하는, 위트 넘치는 장면도 빼놓을 수 없는 즐거움 중 하나다. 87분서 시리즈는 각자의 영역에서 맡은 바 임무를 수행하는 경찰 관계자들을 통해 한 명의 명탐정만으로는 결코 해결할 수 없는 복잡다단한 현대 범죄와 이에 대응하는 시스템의 면면을 요소요소마다 흥미롭고도 치밀하게 그려낸다.

게다가 〈마약 밀매인〉은 시리즈의 분기점이 될 만한 선택으로도 큰 의미가 있다. 원래 에드 맥베인은 범인의 총에 맞아 생사의 기로에 선 카렐라 형사에게 죽음을 선사하고 이후부터는 다른 인물을 앞세우려 했다. 하지만 편집자의 완강한 만류로 그는 '부활'했고 이후 카렐라 형사는 묵묵히 맡은 바 임무를 수행하는 대표적인 민완 형사이자 도시의 소영웅으로 자리매김했다. 당연히 경찰소설의 역사적 정점으로 가는 길 또한 이 결단으로부터 시작되었음에 틀림없다.

악의 마음을 읽는 자

「인어의 노래」
발 맥더미드

프로파일러란 직업이 더 이상 생소하지 않은 요즘이
다. 범죄를 추적하는 시사 프로그램의 간판 자문으로 얼
굴을 알린 이도 여럿에, 심지어 프로파일러 출신 국회의

원까지 있었으니 그럴 만도 하다. 프로파일러는 주로 일반 수사 기법으로는 해결하기 힘든 연쇄살인이나 이상 범죄 등을 해결하기 위해 사건 현장에 남아 있는 흔적과 범인의 행동 특징을 분석하여 용의자의 범위를 한정하는 '프로파일링'을 수행하는 것으로 알려져 있다. 단지 현장의 몇몇 정보만으로 용의자의 성별, 나이, 직업은 물론 생활 및 성장 환경까지 압축하는 프로파일링은 일종의 마법처럼 보일 법하다. 마치 셜록 홈스가 상대를 쓱 한번 훑어본 다음 그의 이력을 줄줄 읽는 것과 비견할 만한. 그러나 프로파일링은 마법 같은 게 아니다. "충분히 발달한 과학기술은 마법과 구분할 수 없다"고 했던 SF작가 아서 C. 클라크의 말을 되새겨보자. 그리고 본디 원리를 이해할 수 없는 '마법'은 덮어놓고 괄시받기 마련이다.

범죄 스릴러 장르에서 일선 경찰들은 대부분 프로파일러를 신뢰하지 않는다. 그도 그럴 것이 경찰에게 정통적인 수사란 모든 가능성을 하나하나 빠짐없이 추적해 선택지를 지워나가는 행동이다. 반면 프로파일러는 그 여러 가능성을 단번에 제거한다. 그러니 경찰이 보기엔 책상물림이 지어낸 탁상공론일 뿐 아니라 오히려 수사를 방해하는 행위처럼 보일 법하다. 그럼에도 오늘날 프로파일링은 피해자와의 연고나 일반적인 범행의 목적과도 무관히 대상을 무작위로 선별한다는 점에서 더더욱 중요해지는 추세다. 그로 인해 점차 픽션에서도 크게 활약하지만 주위의 반대 세력과 모종의 알력 다툼을 벌이는 광경만큼은 완전히 사라지지 않았다.

1995년 발표한 발 맥더미드의 〈인어의 노래〉는 프로파일러 토니 힐 시리즈의 첫 번째 작품으로 초창기 프로파일러의 위상을 잘 보여준다. 영국 브래드필드에서 고문 흔적이 남은 사체가 발견되지만 경찰은 연쇄살인의 가능성을 부정한다. 이윽고 네 번째 피해자가 나타난 다음에야 경찰은 내무부 소속의 범죄 프로파일링 태스크포스 설립을 주도 중인 토니 힐 박사를 초빙한다. 물론 토니 힐은 마법사가 아니다. 경찰의 불신과 싸우며 유일하게 자신을 보조하는 캐롤 조던 형사와 함께 고군분투하는 그는 늘 명철한 과학자의 선을 지킨다. 더욱이 직접 고문 기구를 제작해 피해자를 납치, 고문, 살해하는 범인의 일지가 수사 과정과 약간의 시간차를 두고 교차하며 자아내는 심리적 압박감은 그대로 토니 힐의 위기와 맞물린다. 토니 힐은 뛰어난 프로파일러이긴 하지만 동시에 유약한 속내를 감추기 위해 전전긍긍하고 어둠에 심취한 인물이기도 한 탓에 그 공포감은 작품 전반을 지배하는 잔인한 범행 묘사에 결코 뒤지지 않는다. 특히 매력적인 외모에도 불구하고 성적인 능력에 문제가 있어 부러 조던과 거리를 두는 힐의 태도는 그의 프로파일링 능력 이상으로 특별하게 다가온다. 무자비한 연쇄살인범과 맞닥뜨린 '약자' 토니 힐의 기개가 곧 멋진 클라이맥스를 이루는 이유이기도 하고.

저자 발 맥더미드는 영국 범죄 스릴러계의 대모라 불린다. 오랫동안 저널리스트로 일했고 전업 소설가로 활동하며 앤서니상, 배리상 등을 수상하면서 작품성을 공히 인정받았다. 〈인어의 노래〉는 영국범죄소설가협회가 그해 최고의 범죄소설에 수여하는 골드 대거상을 수상했다. 토니 힐은 너무나도 흔해진 연쇄살인범을 재해석하는 훌륭한 대항마로서 여전히 활약 중이다.

기묘한 살인을 파헤치는
현실적인 경찰

「소문」

오기와라 히로시

"마지막 4글자에 모든 것이 뒤바뀐다!"

일본 미스터리 역사상 최고의 반전이라는 입소문이
그 자체로 진실이 된 바로 그 소설, 「소문」

　경찰을 배경 삼은 일본 작품에선 종종 작중 형사들이
〈태양을 향해 짖어라!〉에 대해 이야기하곤 한다. 〈태양을
향해 짖어라!〉는 1972년부터 1986년까지 방영된 일본의

형사 드라마로 재일 한국인 2세 마츠다 유사쿠가 청바지를 입은 반항적인 형사로 분해 큰 인기를 끌었다. 후대 형사들에 의해 이 드라마가 소환되는 이유는 크게 두 가지다. 첫째는 조직 내 세대 차이를 설명하기 위함이다. 일선에서 활약하는 젊은 경찰관들에겐 〈춤추는 대수사선〉이 더 익숙하고 심지어 이 드라마조차 이제는 낡은 것으로 치부됨으로써 여러 세대가 한데 어우러진 경찰 조직을 설명하는 데 적절한 소재로 통하기 때문이다. 두 번째 이유는 〈태양을 향해 짖어라!〉가 대개 한탄 조로 입에 오르는 데서 찾을 수 있다. 마츠다 유사쿠를 동경해 경찰이 되었으나 실상은 전혀 그렇지 않다는 것. 현실은 온통 격무와 스트레스로 가득 차 있다는 자조와 냉소로 작중 경찰 업무에 재차 현실성을 부여하는 것이다.

오기와라 히로시의 〈소문〉은 불온한 소문에 정확히 부합하는 살인 사건을 오로지 발품과 끈기로 파헤치는 형사들의 이야기다. 언제부터인가 도쿄의 여고생들 사이에서는 레인코트를 입은 살인마가 소녀들을 살해하고 발목을 자른다는 괴담이 퍼진다. 어디까지나 도시 전설에 가까운 이야기지만 실제로 발목 잘린 여고생 시체가 발견되면서 소문의 근원은 곧 주요한 수사 대상이 된다. 이

소문에는 '뮈리엘 로즈'라는 향수를 뿌리면 살인자로부터 벗어날 수 있다는 이야기가 덧붙는데, 실은 한 광고 회사가 기획한 입소문 전략이 그 시작이었다. 이제 소문은 결코 허황된 도시 괴담, 교활한 판매 전략에 그치지 않는다. 발목 잘린 시체가 연이어 등장하고 이에 대응코자 수사본부가 꾸려진 가운데 형사 고구레와 나지마는 짝을 이뤄 기묘한 살인의 실체에 접근한다.

〈소문〉은 지극히 아날로그적인 수사 방식에 바짝 밀착한 작품으로, 본격적인 경찰소설은 아니면서도 경찰 시스템과 형사들의 내밀한 고민에 많은 부분을 할애한다. 40대 베테랑 형사 고구레는 사고로 아내를 잃은 후 고등학생인 딸을 돌보고자 출셋길인 경시청 근무를 마다하고 스스로 지역 경찰서로 이동했다. 그럼에도 여전히 딸과 밥 한 끼 함께할 시간조차 내기 어렵다. 경시청 소속인 여성 형사 나지마 역시 수사본부가 설립된 후에는 아예 서에서 살다시피 한다. 이 둘이 피해자 주변을 탐문하는 과정 또한 무척 지난하고 더디게만 다가온다. 하지만 그래서 사건의 핵심이자 소문의 대상인, 결코 이해할 수 없을 것 같은 10대라는 이질적인 생물의 생태에 접근하는 형사들의 방식이 더더욱 진실하고 우직하게 느껴진다. 덕분에 번화가를 맴도는 "마음보다 몸이 먼저 어른이 되어버려 어찌할 바를 모르는 아이들" 역시도 핍진한 배경을 넘어 마침내 작품의 핵심까지 건드린다.

최근 재출간된 2001년작 〈소문〉은 CCTV도 얼마 없고 막 휴대폰과 인터넷이 보급되어 추악한 욕망에 마구 휘둘리는 2000년대 초반을 더욱 흥미로운 시각으로 바라보게 한다. 무엇보다 정해진 근무시간에만 일하고자 제복 경찰을 희망하는 고구레의 고민은 형사의 현실적인 갈등과 불가해한 사건의 실상을 절묘하게 아우른다. 게다가 고구레와 나지마가 파트너로서 서로에게 보내는 신뢰와 존경 또한 갈수록 마음을 끈다. 살아 숨 쉬는 듯한 지난 시대의 경찰이 반전을 거듭하는 사이코 미스터리에 묘미는 물론 풍미까지 더한 셈이다.

살인의 추억은 없다

「진범인」

쇼다 간

고속도로에 위치한 버스 정류장 부근에서 70대 남성의 시체가 발견된다. 복부에 칼을 맞고 사망한 명백한 살인 사건이다. 경찰은 피해자가 연고도 없는 곳에서 피살

된 이유를 살피다 그가 41년 전 유괴 살인 사건으로 5살 아들을 잃었다는 사실을 알아낸다. 사망자 스도 이사오의 아들 마모루는 미시마시市로 이사 온 날 사라진 뒤 얼마 되지 않아 인근 강에서 시체로 떠올랐고, 당시 경찰은 대대적인 수사를 벌였지만 범인을 잡지 못한 채 사건은 아직까지도 미제로 남아 있었다. 처음엔 한 사람의 인생에 무려 두 번씩이나 닥친 불행인가 싶었지만, 뜻밖에도 스도가 사망한 곳이 과거 유괴범이 마모루의 몸값을 거래하기로 지정했던 장소임이 드러나면서 수사는 유괴 사건과의 연관성에 초점이 맞춰진다. 게다가 마모루의 사건은 공소시효가 끝나기 1년 전 특별수사반이 편성돼 재수사가 이뤄지기도 했다. 현 사건 담당 형사 구사카는 사건의 진상에 다가서기 위해 과거 재수사를 지휘했던 시게토 관리관으로부터 유괴 사건의 모든 것을 전해 듣는다.

쇼다 간의 〈진범인〉은 41년의 시간차를 두고 벌어진 두 개의 살인 사건을 세 가지 시점에서의 수사로 엮어낸 경찰 미스터리 소설이다. 유괴 살인 사건, 특별수사반의 재수사, 스도의 살인 사건이라는 세 시점 중 중심이 되는 건 27년 전 벌어진 두 번째 수사다. 다분히 정치적인 목적으로 구성된 특별수사반은 시게토 휘하에 고작 여섯 명의 형사를 차출 편성한 소규모 팀에 불과해 시각에 따라서는 단순한 요식행위로 보일 만하다.

그러나 시게토가 수사반원에게 제안한 '직면수사'를 통해 사건은 차츰 새로운 진실을 향한다. 직면수사란 수사원이 직접 모든 현장에 가보고, 증거품을 전부 다시 조사하며, 목격자와 관계자를 남김없이 만나는 일견 원론적인 수사법이다. 시게토의 말마따나 매우 "성가신 수사 방법"이지만, 과거 14년에 걸친 수사 중 형사들의 관심을 끌지 못해 무시된 증언으로부터 새로운 단서를 건져내기 위한 각고의 방책이기도 하다. 여기에 더해 전에는 범인을 관할구역인 시즈오카현 내 인물로 한정한 것과 달리 타 지역 아동 범죄 전과자 등으로 대상을 확대했다. 고작 여섯 명으로 해내기엔 너무나도 버거운 일이지만 사건을 하나하나 재구성하며 형사들이 새롭게 건져 올린 사실을 더해가는 수사 과정은 그래서 더 독특한 질감을 띤다.

두 명씩 짝을 지은 세 수사조가 각기 다른 개성과 수사법을 앞세워 세 가지 가능성을 추려내는 과정은 더더욱 흥미롭다. 이에 본적은 현 내에 두고 있지만 현재 도쿄에 거주 중인 아동 성추행 전과자가 유력한 용의자로 떠오르는가 하면, 마모루의 친부 스도가 이혼한 뒤 전처에게 돈을 요구하기 위한 목적은 아니었나 하는 충격적인 가정을 향하기도 한다. 무엇보다 진실에 바짝 다가선 수사가 현 시점에서는 여전히 미제로 남았다는 것을 알면서 따라가는 여정은 또 하나의 기묘한 미스터리로 작동할 수밖에 없다. 날카로운 관찰력과 온화한 인품을 가진 다쓰가와 형사를 필두로 한 민완 형사들의 고군분투는 그렇게 의외의 국면에서 실패를 맞이하지만, 이를 현재로 이양하며 마침내 피해자 가족과 범인, 형사들 모두의 드라마에 가장 불편한 진실을 불어넣는 데는 성공한다. 시간을 초월한 합동 수사가 결국 인간으로 수렴하면서 애증과 실수로 점철된 범죄의 처연함을 배가할 뿐 아니라, 집념과 사명감으로 무장한 여러 명의 형사들을 통해 경찰소설과 군상극의 정수까지 고스란히 담아냈다.

걸작을 딛고 한 걸음 더

「데드맨」
가와이 간지

　도쿄의 한 고급 빌라에서 머리가 잘린 남자의 시체가
발견된다. 이상하게도 집은 지나치게 깨끗하게 정리돼
있으며 욕조에 담긴 시체의 머리만은 어디서도 찾을 수

없다. 마치 범인의 목적은 절도도 살인도 아닌, 남자의 머리를 훔치기 위한 것은 아니었나 싶을 정도다. 이후 동일범의 소행으로 보이는 시체가 연이어 나타난다. 모두 사망 전 다량의 수면제를 복용했으며, 수술용 메스 같은 예리한 칼날로 잘라낸 탓에 절단면은 깨끗하고, 시체가 잠긴 욕조의 액체는 물이 아닌 장기 보존액이며, 범행 당시 범인은 라텍스 장갑을 착용했던 것으로 보인다. 그러나 사라진 신체 부위만은 모두 다르다. 두 번째 시체는 몸통이, 그다음은 차례로 오른팔, 왼팔, 오른다리, 왼다리가 사라진 것이다. 즉, 살해당한 여섯 구의 시체에서 범인이 가져간 신체 부위를 모으면 정확히 한 사람 분량이 된다. 단순히 정신이상자의 소행으로 치부할 수만은 없는 기묘한 의도가 엿보인다.

그 의도란 우선 유명 미스터리소설의 범행을 그대로 재현한 데서 기인한다. 미스터리 팬이라면 신본격 미스터리의 대부로 불리는 시마다 소지의 대표작 〈점성술 살인사건〉의 전설적인 트릭에 대해 잘 알고 있을 것이다. 트릭의 목적은 절단된 시체 부위를 재배열함으로써 온전한 인체, 즉 살아 있는 한 사람의 존재를 감추는 것이었다(만화 〈소년탐정 김전일〉의 '이진칸촌 살인사건' 편에서 같은 트릭을 표절해 더욱 유명해졌다). 한마디로 〈데드맨〉은 누구나 알 만한 걸작에 도전하는 태도를 취하는 동시에 독자로 하여금 트릭의 본래 목적이었던 살아 있는 한 인간의 존재를 가정하게끔 이끌면서 손에 잡힐 듯한 기시감에 새로운 게임을 입힌 것이다.

엽기적인 연쇄살인 사건에 대응하고자 경시청은 형사 가부라기를 중심으로 특별수사본부를 꾸린다. 가부라기가 특유의 직관을 토대로 범인의 진짜 의도에 차근차근 접근하고 이를 부하 형사 히메노, 동료 마사키, 프로파일러 사와다가 다양한 관점에서 보조하지만 그럼에도 수사는 여전히 답보 상태다. 그러던 중 이야기는 새로운 캐릭터에 시점을 할애하면서 완전히 새로운 국면으로 접어든다. 그 캐릭터란 바로 여섯 명의 시체를 '결합'해 탄생한 인간으로, 온전치 않은 기억과 접합한 지 얼마 되지 않아 제 기능을 하지 못하는 사지를 재활하면서 여섯 차례 살인 사건과 자신과의 연관성을 알게 된 남자, 일명 '데드맨'이다.

〈데드맨〉은 작품 초반부 각기 다른 인간의 몸을 결합하는 것이 가능하냐는 가부라기의 질문에 기술적으로 아예 불가능하진 않지만 여타 도덕적인 이유로 말미암아 현실적으로는 어렵다는 전문가의 대답을 덧대며 진실을 더욱 모호하게 만든다. 이후 가부라기 팀은 데드맨이 보낸 이메일을 통해 새로운 진상과 마주하지만 의문은 계속해서 꼬리에 꼬리를 문다. 정말로 그는 범인에 의해 만들어진 인간일까? 그렇다면 범인의 의도는 도대체 무엇이란 말인가.

2012년 요코미조 세이시 미스터리 대상으로 이 작품을 선정한 심사위원 아야츠지 유키토는 "시마다 소지의 〈점성술 살인사건〉을 정면으로 끌어들여 가독성 뛰어난 미스터리 엔터테인먼트로 작품을 잘 마무리했다"며 "그 명작에 도전하는 기개가 훌륭하다"고 평했다. 그의 심사평 그대로 사건의 진상을 쫓는 개성 있는 형사들을 비롯해 끔찍한 진실에 한 단계씩 다가서며 마침내 이를 현실의 악과 연관 짓는 일련의 과정이 무척이나 드라마틱하게 그려진다. 무엇보다 수십 년간 축적해온 복수심에 더해 익숙한 트릭의 진실을 의식하도록 독자를 이끌다 이를 전복하는 서사는 미스터리의 역사를 담보 삼은 진일보로 보기 충분하다.

제도권에 저항하는 제3의 추리법

「드래곤플라이」
가와이 간지

ⓒ작가정신

　　〈드래곤플라이〉는 가와이 간지의 데뷔작 〈데드맨〉의 주역들이 다시금 의기투합한 '가부라기 특수반' 시리즈의 후속작이다. 전작의 '6연속살인'에 견줄 만한 사건이 이번에도 단번에 경시청을 혼란에 빠뜨린다. 강변에서 불탄 채 발견된 처참한 형상의 시신을 보건대 범인은 피해자의 신원을 알아내기 어렵도록 미리 준비한 휘발유를 사용한 것이 분명하다. 이상한 것은 이 소사체燒死體에 내장이 없다는 점이다. 시체를 태우기 전 범인이 내장을 모조리 들어낸 탓이다. 경시청은 인력을 총동원해 대책반을 꾸리는 한편, 가부라기 경위로 하여금 단순 정신이상자의 행동으로 치부하기 힘든 사건의 진실을 전혀 다른 각도에서 파헤치도록 한다.

우선 가부라기 팀은 사체에서 발견된 유일한 단서인 잠자리 모양의 펜던트를 수소문한 끝에 군마현에 위치한 한 액세서리 가게의 주문 제작품임을 확인한다. 그러고는 곧 피해자가 댐 건설로 수몰된 이곳 히류무라 출신의 청년 유스케임을 특정하면서 이 살인 사건이 댐 건설을 두고 벌어진 분쟁을 비롯해 20년 전 히류무라에서 일어난 미결 살인 사건과 긴밀히 연계돼 있음을 직감한다. 여기에 선천성 시각장애를 가진 여성 이즈미와 유스케와의 연관성이 곳곳에서 강조되는가 하면, 작품의 제목인 '잠자리'가 예상치 못한 순간 계속해서 키워드로 떠오르면서 사건의 진상은 불행히도 가장 약자가 벌인, '가장 믿고 싶지 않은 진실'을 향해 나아간다.

　이를 지탱하는 장치 중 하나가 '애브덕션abduction'으로, 시리즈의 핵심과도 같은 이 추론법이 교착 국면마다 등장해 기존의 발상을 전복한다. 애브덕션이란 기존의 연역법이나 귀납법과는 다르게, A라는 현상을 설명하기 위해 조금은 엉뚱한 B를 가정할 때 무리 없이 A로 귀결되면 B를 '참'으로 보는 제3의 추론법이다. 작중 프로파일러 사와다는 이를 '비약법', '포획법' 등으로 번역하는데, 가부라기는 다분히 직관에 의존한 이 방법을 통해 몇 차례 진실로 '도약'한다. 덕분에 의외의 진실을 미리 설계해둔 소설 작법을 그대로 도치한 듯 느껴지기도 하지만, 그만큼 독자에게는 깜짝 놀랄 만한 충격적인 전개로 보이는 것도 사실이다.

　여기에는 경찰이라는 조직의 생태가 긴밀히 반영된 탓도 크다. 가부라기 특수반이 비약이나 다름없는 직관을 논증해나가는 것을 경찰 수뇌부는 늘 마뜩잖아 한다. 물증이나 증인을 확보하는 것이 아니라 정황만으로 진실에 접근하려는 가부라기의 방법은 당연히 저항감을 불러일으킬 수밖에 없다. 특히나 경찰은 계급에 따른 명령 체계가 그야말로 절대적인 세계다. 작중에서도 경찰은 정해진 법과 규범을 준수하면서 오히려 범죄자에게 틈을 내주기도 하고, 책임 소재를 따지고 들며 한낱 개인의 신념을 시험하는 조직으로 그려지기에 가부라기의 독특한 발상은 당연하다는 듯 묵과되기 일쑤다. 그래서 더더욱 애브덕션은 작위적인 미스터리 작법이기 이전에 제도권에 도전하는 훌륭한 대항마처럼 비친다.

또한 이 작품에서 잠자리는 일본의 창세 신화에서 시작해, 어린아이의 사소한 신념과 욕망을 은유하고, 댐 건설을 둘러싼 음모와 20년 전 살인과 복수에까지 관여하며 미스터리 장르 특유의 신비한 분위기를 한껏 북돋는다. 무엇보다 진실 같은 건 애초에 존재하지 않는다며 '납득할 만한 사실'을 두고 다투는 범죄자와 형사 들의 분투 모두가 미스터리의 매력을 절절히 웅변한다.

보복 살인의 심연을 들여다보라

『온』
나이토 료

　인과응보. 누구나 원하지만 알다시피 현실에서는 요원한 말이다. 현실과 픽션은 애초에 다른 탓인지 정의는 늘 가끔씩만 구현되는 것처럼 보이니까. 강력범죄에 대

한 사법부의 미온적인 판결만 해도 오히려 사형私刑이 진짜 정의는 아닐까 싶어 쓴맛을 삼키는 게 우리의 현실이니까 말이다. 나이토 료의 데뷔작 〈온ON〉은 그런 독자의 바람을 잔혹한 복수로 구상화하고, 여기에 뇌와 마음이라는 복잡한 장치가 어떻게 '구동'하는지를 덧댄, 인간의 심연을 파헤치는 미스터리소설이다.

제21회 호러소설대상 독자상 수상작이란 점에서 짐작할 수 있듯이 악을 응징하길 바라는 독자의 마음이 지극히 자극적이고 끔찍한 형태로 발현된다. 우선 자신이 저지른 범죄와 똑같은 방식으로 죽는 범죄자들이 차례로 등장한다. 성폭행을 일삼다 살인을 저질렀으나 증거 부족으로 풀려난 용의자는 자신이 피해자를 죽인 방식과 같은 최후를 맞이한다. 심지어 그의 죽음은 늘 피해자를 스마트폰으로 촬영, 송신해 협박한 그대로 모든 과정이 고스란히 녹화되어 있다. 연쇄살인을 저지르고 수감 중인 사형수 역시 자신이 행한 폭력과 꼭 닮은 방법으로 감방에서 죽음을 맞는다. '눈에는 눈, 이에는 이'라는 인과응보의 법칙은 충분히 이루어졌다. 기묘한 것은 그다음이다. 이들의 사인은 황당하게도 모두 '자살'이기 때문이다.

성폭행범의 스마트폰에 담긴 영상을 보건대 다소 의

아한 방법이긴 하지만 그의 사인은 명백한 자살이다. 사형수 또한 스스로 머리를 감방 벽에 강하게 찧은 후 죽기 직전까지 손으로 자신의 머리를 수차례 내려치는 기이한 행동을 보였다. 그를 지켜본 간수의 말마따나 정말로 "저 놈에게 죽은 망령이 순서대로 복수하러 온 것" 같은 모양새다. 물론 이 작품은 우리의 부조리한 현실을 대리 만족하려는 욕망에서 시작하긴 하나, 절대로 심령소설은 아니다. 최면술, 뇌 조건반사 등 시종 과학적 가능성을 토대로 검토하고 소거하며 차츰 진실에 접근한다. 그러던 중 자신을 '스위치를 켜는 자'라고 명명한 이에 의해 범죄자들의 자살 장면이 담긴 동영상이 인터넷에 유포되면서 마침내 처절한 보복 살인의 진상은 상처 입은 인간의 지울 수 없는 트라우마로 귀결되기에 이른다.

작품의 주인공인 신참 형사 도도 히나코는 지난 10년간 도쿄에서 벌어진 미해결 사건 파일과 성범죄 용의자 리스트를 완벽히 암기한 가공할 기억력을 토대로 여러 조각으로 흩어진 사건을 한데 꿰는 주역으로 활약한다. 그는 늘 고추 양념 통을 가지고 다니며 코코아에 타 먹을 뿐 아니라, 메모는 거의 그림으로 요약하는 괴짜 중의 괴짜다. 하지만 히나코를 기꺼이 응원할 만한 주인공으로 만드는 것은 이런 기인적인 풍모보다는 인간의 기억과 감정이라는 계량화하기 힘든 사건의 내막을 파헤치는 가운데 가장 인간적인 태도로 피해자와 자신을 동일시한다는 데 있다. 막 형사가 된 그는 심하게 훼손된 시체 앞에서 구역질하고 동료의 죽음에 눈물 흘리는 평범한 인간이면서, 성범죄만큼은 동성인 자신이 더 잘 이해할 수 있기에 어느 누구보다 도움이 되고픈 사명감에 온몸을 내맡긴 형사다. 마침내 히나코는 정신과 의사 다모쓰의 조언에 따라 치료 중인 환자들의 참혹한 기억과 퇴행 최면, 뇌과학 등의 정보를 기반으로 불가사의한 사건을 지울 수 없는 유년의, 범죄의 상처로 풀이해낸다.

'잔혹범죄 수사관 도도 히나코' 시리즈는 일본에선 스핀오프작을 포함해 열세 권의 단행본이 출간되고 TV드라마로도 제작되는 등 계속해서 끔찍한 현실 범죄와 히나코의 성장을 엮어가는 중이다. 인과응보만으로는 설명할 수 없는 불온한 결말로 인간의 마음을 파헤친 〈온〉 이후 국내에서도 형사 히나코의 성장을 좀 더 지켜볼 수 있기를 기대한다.

악역이 견인하는 서스펜스

「네 번째 원숭이」
J. D. 바커

픽션에 있어 악역의 중요성은 더 이상 강조하는 게 불필요할 정도다. 이제는 '매력적인 악인'이란 얼핏 반어적인 수식조차 당연하게 느껴질 뿐 아니라, 아예 악인을 주

역으로 내세운 작품도 굉장히 흔해졌다. 그러니 연쇄살인범이 등장하는 범죄 스릴러라면 모름지기 살인자를 불가해한 존재 그 이상으로 만들어야만 한다. 그래서 경찰을 우롱하듯 증거품을 보내며 카리스마를 과시하는가 하면, 살인의 당위를 설명하고 정신이상의 기저를 파고들며 악의 근원과 이유를 구체화한다. 종국에는 반드시 처단당할 게 분명했던 악인이 어쩐지 요즘엔 질긴 생명력을 지닌 채 시리즈의 얼굴처럼 기억되는 이유다.

〈네 번째 원숭이〉의 연쇄살인범, 일명 '네 마리 원숭이 킬러(4MK)' 역시도 역사적 악역으로 남을 만한 조건을 두루 갖추고 있다. 살인범의 4MK라는 별칭은 일본 도쇼구 신사의 원숭이 부조상에서 기인한다. 각각 귀와 눈과 입을 가린 세 마리 원숭이는 "악을 듣지 말고, 보지 말고, 말하지 말라"는 뜻을 내포하고 있다. 이에 4MK는 희생자를 납치해 차례로 그의 귀와 안구와 혀를 배송한다. 마지막으로 발견된 시체에는 "악을 행하지 말라"고 쓰인 쪽지가 쥐어져 있는데, 이는 네 번째 원숭이상의 의미다. 그 메시지 그대로 살인범은 잔혹한 납치 살인과 함께 희생자가 연루된 범죄 증거를 제시해오며 스스로 집행자를 자처한다. 문제는, 그 방식이 지극히 잔인할 뿐 아니라 그

가 대상으로 삼은 이는 범죄 당사자가 아니라 그의 가족
이란 데 있다.

4MK는 지난 5년 동안 무려 일곱 명을 모두 같은 패
턴으로 살인했다. 그럼에도 형사 샘 포터를 비롯한 4MK
전담반은 그에 대한 아무런 단서도 찾지 못했다. 재미있
는 것은 〈네 번째 원숭이〉가 살인범 4MK의 죽음에서 시
작한다는 점이다. 버스에 치여 사망한 남자는 그동안 경
찰이 받았던 21개 상자와 동일한 것을 지니고 있었는데,
아니나 다를까 그 안에는 누군가의 귀가 담겨 있었다. 여
덟 번째 희생자는 어딘가에서 귀를 잃은 채 죽어가고 있
고, 죽은 자는 말이 없다.

생경한 도입부 이후에도 이야기는 끊임없이 요동친
다. 무엇보다 죽은 살인범이 품고 있던 일기가 수사 중인
사건과 병치되며 두 가지 이야기가 함께 전개되는데, 전
혀 연관 없어 보이는 두 이야기 모두 각자 굉장한 속도감
을 자랑한다. 일기는 살인범이 자신의 유년기를 기술한
것으로 여기에 희생자나 살인범의 단서가 있을 거란 암
시 때문에 포터 형사는 독자와 함께 이를 차례대로 읽어
간다. 그리고 당연히 살인범의 마음속을 탐사하리라 생
각했던 일기는 단지 그의 속내를 헤집는 것만이 아니라

또 하나의 사건이 되어 계속해서 궁금증을 자아낸다. 이를테면 4MK의 부모는 서슴없이 살인과 고문을 행하며 심지어 이런 이상행동을 어린 아들에게 '교육'하기까지 한다. 자연히 일기 안에서도 살인으로 말미암은 위기가 차츰 의외의 파국을 향한다.

일기가 또 다른 범죄의 '경험담'으로 자리하는 가운데, 4MK의 죽음이 의도된 자살이란 의문과 그가 정말 4MK는 맞을까 싶은 의심이 여러 차례 반전에 반전을 더한다. 그래서 시시껄렁한 농담을 주고받는 형사들이 감춘 어두운 비밀과 살인자의 의도대로 설계된 거대한 그림은 더욱 묵직한 충격을 준다. 시종 독자의 흥미를 잡아끌며 두 가지 결말로 질주하는 엔터테인먼트가 실로 놀랍다.

선악의 경계에 선 악덕 변호사

「속죄의 소나타」
나카야마 시치리

미스터리 스릴러에서 변호사를 주인공으로 내세우는
데는 몇 가지 이유가 있다. 우선 숨겨진 진실을 좇는 현대
판 탐정으로도, 약자의 편에 서 거악에 맞서는 정의의 사

도로 활약하기에도 적절하다. 또한 필연적으로 범죄와 엮일 수밖에 없는 배경을 가진 데다 두뇌 싸움을 벌이기에도 모자람이 없어 보인다. 무엇보다 가장 현실적인 동인을 가진 직업이다. 수임료만 지불한다면 의뢰인이 선인이든 악인이든 중요치 않다는 기조는 때때로 경찰이나 탐정과는 다른 독특한 구석을 만들어내기 충분하다. 덕분에 실정법의 맹점을 이야기하기에 걸맞을 뿐 아니라, 돈이나 권력에 흔들리고 갈등하는 입체적인 인물을 그려내기에도 용이하다. 인간적인 욕망에 주저하고 때론 약게도 구는 안티히어로로서 변호사는 그야말로 제격이다.

나카야마 시치리의 〈속죄의 소나타〉의 주인공 미코시바 레이지는 이런 악독한 변호사의 이미지를 전면에 내세운 캐릭터다. 예컨대 레이지는 회사까지 세워 조직적으로 사기를 쳐온 주범에게 악랄한 이미지를 상쇄할 만한 참혹한 인생 역정 스토리를 꾸며내길 제안한다. 뭐가됐든 배심원의 심증을 자극해 정상참작만 받아내면 그만이니까. 그렇게 그는 검찰이 유죄를 확신하며 공소한 흉악범과 지능범을 감형하고 때로는 무죄까지 받아냈다. 물론 의뢰인의 약점을 틀어쥐고 거액의 수임료를 받는 것도 잊지 않는다. 애초에 부자인 피고에게만 관심을 보이는 것도 그런 이유 때문이고. 이 정도만 해도 현실에서 몇 번이고 보아왔던 악덕 변호사로 충분하지만 그가 '링컨 차를 타는 변호사' 미키 할러조차 압도하는 데는 몇 가지 이유가 더 있다. 이를테면 그는 첫 장부터 시체를 유기하며 등장하니 말 다했다.

변호사 미코시바 레이지 시리즈의 시작을 알린 〈속죄의 소나타〉에서 레이지가 맡은 사건은 의식불명 상태인 남편의 인공호흡기 전원을 꺼 살해한 부인을 변호하는 일이다. 호흡기 전원 버튼에 선명히 남은 지문은 부인의 것이 분명하고, 사망 전 남편에게 거액의 생명보험까지 들어놓은 참이라 이미 1심에서 무기징역이 선고된 사건이다. 레이지는 2심에서 판결을 뒤집기 위해 동분서주하는 동시에 자신의 과거를 캔 협박하던 기자를 살해·유기한 혐의에서도 벗어나야 한다. 독특한 점은 이 두 가지 임무를 그가 26년 전 소년 시절 한 소녀를 살해하고 토막내 세상을 경악케 한 과거와 면밀히 엮어내는 데 있다. 레이지가 지닌 불분명한 선악의 경계는 그대로 인공호흡기 살인 사건과 함께 또 하나의 미스터리로 작동하면서 복합적인 층위를 만들어낸다. 더욱이 후반부에는 레이지의 소년원 시절 이야기를 풀어놓음으로써 그의 모호한 정체와 행적, 악행의 동인까지 한데 수렴하며 마침내 매력적인 캐릭터를 완성한다.

전작 〈연쇄 살인마 개구리 남자〉와의 묘한 연결 고리 또한 작품의 폭을 재차 확장한다. 베테랑 형사 와타세와 신참 형사 고테가와 콤비는 전작에서 보여준 명민함 그대로 서서히 레이지의 목을 죄어오는 주역으로 활약한다. 또 베토벤 피아노 소나타를 연주하던 사유리는 레이지와의 의외의 인연으로서 다시금 모습을 드러낸다. 무엇보다 쇼하듯 재판정을 흔드는 법정극의 진수와 더불어 재판이 끝난 후 진범의 정체를 밝히고 레이지의 진짜 속내마저 내비치는 대단원은 절묘한 쾌감과 인간의 악의에 서린 무거운 뒷맛까지 함께 안긴다.

속물 변호사의 유산 쟁탈전

「전남친의 유언장」

신카와 호타테

거대 제약회사 가문의 차남 모리카와 에이지가 서른에 요절하며 남긴 유언이 세간에 화제가 된다. 유언의 내용은 바로 전 재산을 자신을 죽인 범인에게 상속하겠다

는 것. 이에 과거 대학 시절 그와 3개월간 사귀었던 변호사 레이코는 에이지의 친구 시노다로부터 그를 범인으로 내세운 대리인 자격으로 이 기묘한 '범인 선출전'에 참여하길 제안받는다. 물론 에이지의 사인은 독감에 의한 병사로 따로 살인자가 있을 리 없다. 게다가 시노다가 언급한 에이지의 유산은 약 60억 엔으로 이런 광대 짓을 감당하기엔 잘나가는 20대 변호사인 레이코의 입장에선 수지타산이 맞지 않는다. 당연히 일언지하에 거절하지만 혹시나 하는 마음에 자료를 검색해보니 에이지가 보유한 주식의 시가총액은 무려 1080억 엔에 달한다. 에이지의 부모에게 유류분으로 3분의 1이 돌아가고 남은 유산의 50퍼센트를 상속세로 납부하더라도 300억이 남으니, 그중 절반을 성공 보수로 받는다면 레이코의 몫은 약 150억 엔. 광대가 되길 자처하고도 남는 액수다.

〈전남친의 유언장〉의 주인공 레이코는 돈을 지상 최대 가치로 삼는 변호사다. 작품 시작부터 그는 연인이 내민 약혼반지가 40만 엔밖에 되지 않는다며 매몰차게 쏘아붙이고, 보너스 400만 엔이 250만 엔으로 줄어든 데 격분해 다니던 로펌을 때려치운다. 돈에 집착하는 데에 따로 목적이 있는 것도 아니다. 그에겐 돈이 곧 목적이다.

그것도 돈만 주면 뭐든 하냐는 비난에 진심으로 그게 뭐가 나쁘냐고 생각할 정도로 꽤나 순수한(?) 속물이다. 그가 참가한 범인 선출전 역시 모리카와 족벌로 구성된 3인의 합의로 결정되는 만큼 다분히 각자의 잇속을 모두 챙겨주어야 하는 방식으로 설계된 듯 보인다. 여기에 레이코는 에이지의 유언장이 민법 제90조 공서양속, 즉 우리 민법식으로는 '반사회질서의 법률행위'에 해당하는 것만큼은 어떻게든 피해야 한다. 에두르지 않고 안티히어로를 가장한 레이코를 앞세운 그대로 기상천외한 유산 쟁탈전을 예상해볼 법하다.

하지만 이야기는 유언장 집행을 맡은 고문변호사가 살해당하는 것을 시작으로 곧 전통적인 미스터리 장르의 색채를 띤다. 이는 아주 정통의 방식이지만 유언장의 진짜 목적과 결부하면서 오히려 다시 한번 변칙을 가하는 듯한 모양새로도 읽힌다. 예컨대 모리카와가家 내부에 도사린 견제와 권력 승계가 익숙한 그림을 그리는 한편, 살아생전 순수하고 맑은 모습으로 기억되던 에이지답게 그의 유언장 세부 조칙에는 '전 여친들'에게 배분할 토지가 기입되어 있는 등 여러모로 의구심을 자아낸다. 이것은 그저 작중 인류학자를 통해 언급되는 '포틀래치potlatch',

즉 받은 것보다 더 많은 것으로 되갚는 경쟁적 증여로 부담을 덧씌우려는 재벌가 철부지 도련님의 유희에 불과할까? 레이코는 이 모든 의심을 토대로 진실에 접근하면서 미스터리의 공식 그대로 살인도 불사할 수밖에 없었던 한 인간의 욕망에 다가선다.

무엇보다 돈보다 소중한 것이 있다는 주변인들의 말과 행동을 통해 레이코의 배금주의에 균열이 생기는 대목이 무척 흥미롭다. 급변하는 사건을 통해 기억 저편으로 사라졌던 초심을 떠올리며 변호사로서의 사명감을 되찾는다는, 우리에겐 더더욱 익숙한 스토리다. 그럼에도 레이코의 뒤늦은 깨달음은 영웅담이기보다는 철저히 소시민적으로 그려지기에 끝내 잔잔한 울림마저 안긴다. 2021년 '이 미스터리가 대단하다' 대상작답게 왕도와 변칙을 아우르는 구성이 미스터리 장르 고유의 매력을 작품 내내 한껏 북돋는다.

우리 편에 선 난세의 간웅

「한자와 나오키 1: 당한 만큼 갚아준다」

이케이도 준

2013년 일본 TBS에서 방영한 드라마 〈한자와 나오키〉는 당시 공전의 히트를 기록했다. 일요일 저녁 시간대에 편성된 데다 금융권 이야기를 다루는 탓에 방영 전 기

대치는 낮았지만, 회를 거듭할수록 시청률은 고공 상승해 금세 40퍼센트를 웃돌았다. 특히 마지막 10화의 순간 시청률은 50퍼센트를 넘어서는 등 방송 내내 신드롬을 불러일으켰다. 드라마의 대성공으로 말미암아 원작자인 이케이도 준의 소설은 이후에도 속속 드라마로 제작되며 각광받았다. 하지만 그런 와중에도 유독 〈한자와 나오키〉 '시즌2'만큼은 매번 변죽만 울리다 불발되기 일쑤였다. 그러기를 몇 해, 마침내 2020년 4월 시즌2 방영을 확정하며 7년 만의 귀환을 알렸으니 시청자들이 덮어놓고 형만 한 아우를 기대할 만하다.

원작 시리즈의 첫 번째 작품이자 드라마 시즌1의 전반부에 해당하는 〈한자와 나오키 1: 당한 만큼 갚아준다〉는 상사의 실책을 뒤집어쓴 주인공 한자와 나오키가 은행의 관행인 '꼬리 자르기'에 저항하는 분투기를 그린다. 이야기는 서부오사카철강이라는 회사가 도산함에 따라 5억 엔의 대출금을 받을 수 없게 된 '대출 사고'에서 시작한다. 이에 도쿄중앙은행 오사카 서부 지점의 융자과장 한자와는 대출 책임자로서 질책받지만, 사실 이 대출은 처음부터 지점장인 아사노가 한자와를 배제하면서까지 무리하게 추진한 일이었다. 그럼에도 아사노는 나 몰라라 한자와에게 모든 책임을 떠넘기니 억울한 그로서는 결코 물러설 수 없다.

〈한자와 나오키〉시리즈를 쓴 이케이도 준은 대형 은행에서 근무한 실제 경력을 작품에 면밀히 반영함으로써 오직 경험한 사람만이 알 수 있는 은행의 속내를 자신의 인장으로 삼은 작가다. 살얼음판을 걷는 듯한 감사 과정을 비롯해 거만하기 짝이 없는 국세국 직원들과의 면담 등은 독자가 미처 알지 못했던 새로운 위기로 그려지고, 이에 늘 담대하게 대처하는 한자와는 벼랑 끝에 이르러 시원한 역전의 쾌감을 안긴다.

또한 서부오사카철강의 대출 사고가 처음부터 의도된 계획도산임을 알게 된 다음 은닉한 재산을 회수하기 위해 진실을 파헤치는 과정은 영락없는 미스터리극이자 하드보일드 장르의 핵심과도 맞닿는다. 단적인 예로, 꼼짝없이 좌천 위기에 몰린 한자와가 작품 내내 신랄하게 비판하는 은행은 단순한 배경이기 이전에 실재하는 거악으로 묘사된다. 그가 말하는 은행이란 "인정사정도 피도 눈물도 없는 조직"이다. 자연히 이런 부조리한 조직에 대항해 자신의 무고를 관철시키려는 한자와는, 정의를 부르짖는 이 작품의 정수나 다름없는 존재로 거듭난다.

한자와는 1988년 거품경제 시대 엘리트로 입사해 현재는 내려앉은 경기만큼이나 떨어진 일개 은행원의 위치에서 "날씨가 좋으면 우산을 내밀고 비가 쏟아지면 우산을 빼앗는" 은행의 비뚤어진 생리에 맞서 싸우는 소영웅이다. 더욱이 아사노 지점장의 유착 증거를 발견하고 이를 치밀하게 이용하는 클라이맥스에 이르면 그는 단순한 영웅을 넘어 곧 '난세의 간웅'이 된다. 그저 정의롭기만 한 우리 편이 아니라 간교하고도 영악하게 승리하고 출세까지 거머쥐는 우리 편일지니 매 순간 그의 저돌적인 말과 행동에 독자들은 절로 고개를 주억거릴 법하다.

작품의 원제는 '우리들 버블 입행조'지만 국내 출간명은 드라마 제목에 작중 한자와를 상징하는 대사인 "당한 만큼 갚아준다"라는 부제가 덧붙었다. 입 밖으로 되뇌면 다소 낯간지러운 대사지만, 한편으로는 정의로운 약자가 악을 영리하게 척결하길 바라는 현대인의 갈증이 응축된 말이기도 하다. 권선징악, 사필귀정이 조금 뻔하게 느껴질지는 몰라도 이기는 우리 편이 건네는 카타르시스만큼은 생생한 세계 위에 제법 의미 있게 자리한다.

이 책을 후원해주신 분들

오라, 달콤한 장르소설이여

: 미스터리·SF·판타지·호러 독서록

발행	2022년 9월 20일
지은이	강상준
편집	김유진
교열	남다름
일러스트	Jen Yoon
디자인	전도아
펴낸이	정종호
펴낸곳	에이플랫
출판등록	2018년 8월 13일(제2020-000036호)
광고문의	aflatbook@gmail.com
블로그	blog.naver.com/aflatbook
가격	17,000원

© 2022 에이플랫

ISBN   979-11-89836-43-6 03800

에이플랫은 언제나 기성 및 신인 작가의 원고를 기다리고 있습니다.